Les grosses rêveuses

Ce que la grosse Claudine ne sait pas, elle l'invente. Ce que le village ne veut pas dire, c'est Léonne qui le crie. Les hommes qui font rêver Jeannette, c'est Thérèse qui les caresse. Ce que la veuve Wasserman ne mange pas, c'est Jeanine qui s'en empiffre...

Comment supporter un monde où un centimètre de tour de taille est une angoisse ? Comment survivre avec de la cellulite ? Comment habiter un village où les mâles passent comme des ombres ?

En attendant les miracles, elles dégustent des gâteaux et des rêves débordant de chantilly. Convaincues que la vie est ailleurs, sous les regards croisés des unes et des autres, elles protègent leur monde intérieur avec un acharnement vital et un appétit dévorant que rien ne saurait satisfaire. Elles sont grosses rêveuses comme on est gros mangeur, avec le même excès de vie et la même joie suicidaire.

Né le 20 mai 1947 à Saint-Étienne, membre de l'Oulipo. A publié un roman L'Équinoxe *et plusieurs recueils de nouvelles dont* Les Petites Filles respirent le même air que nous *et* Les Athlètes dans leur tête *qui a obtenu la bourse Goncourt de la nouvelle 1989.*

Du même auteur

AUX ÉDITIONS GALLIMARD

L'Équilatère
roman, 1972

Les Petites Filles respirent
le même air que nous
nouvelles, 1978

Un rocker de trop
roman, 1986

CHEZ D'AUTRES ÉDITEURS

Histoire véritable de Guignol
Slatkine, 1981

Les Aventures très douces
de Thimothée le rêveur
Hachette-Bouteille à l'encre, 1978

Les Athlètes dans leur tête
Ramsay, 1988
Bourse Goncourt de la nouvelle, 1989

Paul Fournel

Les grosses rêveuses

nouvelles

Éditions du Seuil

TEXTE INTÉGRAL

EN COUVERTURE : Pablo Picasso
Les Baigneuses, 1918
Musée Picasso
Réunion des Musées nationaux

ISBN 2-02-013305-9
(ISBN 2-02-006141-4, 1re publication)

La danseuse

Le dossier en métal de la chaise lui entre dans le dos, sous l'omoplate, elle doit avoir une marque rouge. Elle change de position et soulève discrètement les fesses pour tendre le tissu de sa robe ample. Elle lisse ensuite le devant qui fait des plis avec son ventre. Elle redresse la tête et tire les épaules en arrière pour mettre en valeur sa poitrine. L'orchestre entame une série de tangos. Son cœur bat un peu plus fort. Elle tire machinalement ses cheveux frisés derrière ses oreilles.

Le musicien à la chemise en lamé a échangé son saxo contre un bandonéon, le batteur a troqué ses baguettes contre des balais métalliques, il frotte la caisse claire et la pédale charleston. Il fait chaud. Les lumières blanches qui illuminent le préau baissent d'intensité. Il ne reste plus que les guirlandes multicolores tendues entre les arbres, et les étoiles. L'ambiance est plutôt rouge avec des ombres noires découpées sur les visages. Les danseurs de rock s'essuient le front et repartent s'asseoir. Il viendra.

Il viendra, il sourira, il l'entraînera. Elle ne l'épousera pas pour son argent.

Les garçons en costume passent et repassent devant les filles assises sur les sièges métalliques alignés contre le mur. Ils inclinent le buste, tendent la main. On ne s'entend pas. Il viendra.

Les timides ont commencé à danser sur le bord de la piste, puis ils ont suivi l'exemple du maire et de la mairesse. Ils sont maintenant tous entassés au milieu. Il ne reste plus que trois filles et quatre garçons qui tournent comme des ombres. Les vieux ont sorti leur costume noir et leur cravate noire à petits nœuds. Plus que deux filles. Mlle Thérèse, l'institutrice, est en pantalon ; c'est une originale. Plus qu'une fille. On ne s'entend pas.

Jeannette Ferrachat a trente-quatre ans ; même s'il en a dix de plus qu'elle, elle l'épousera. Il n'est jamais venu au bal du village, car il ne va que dans des endroits chics. Il ne s'imaginait pas qu'on pût y trouver une perle. Elle ne l'épousera pas pour son argent. Pas seulement pour sa beauté non plus. Elle l'aime de toutes ses forces et il se trouve qu'il est beau et riche. C'est tout.

Les autres filles dansent maintenant. L'une d'entre elles lutte pour ne pas se coller sur le ventre de son cavalier. Elle a glissé son avant-bras devant sa poitrine, et pousse de toutes ses forces. Pourquoi a-t-elle accepté ? Il n'est pas possible qu'elle aime seulement danser.

Elle décroise les jambes et pose ses mains à plat sur ses cuisses. Ses mollets sont lourds et ses pieds gonflés.

Il lui prend la main en s'inclinant légèrement, il sourit, attentionné et amusé, elle se lève, fait tourner gracieusement le bas de sa robe et vient se loger entre ses bras. Il l'entraîne, légère.

Elle ne voudrait pas avoir la paume moite lorsqu'il lui tendra la main, elle prend dans son sac de satin sa pochette en dentelle et s'essuie. Elle écarte un peu aussi les bras pour que la sueur ne fasse pas d'auréole sur sa robe.

La nuit est claire et la lune brille haut sur la colline. Le ciel est plein d'étoiles. Il fera beau demain.

Il porte un costume bleu marine avec de fines rayures blanches. Un peu trop sombre pour un mariage, idéal pour le bal de la fête votive. Il ne ressemble à aucun homme de par ici.

Le petit dernier de chez Frachon se serre de toutes ses forces contre la petite Bouvier, leurs ventres se mélangent. Il essaie même de glisser discrètement la main sous son corsage pour lui toucher les seins, elle ne dit pas non, elle lance seulement par-dessus son épaule des regards inquiets vers la table de ses parents. Le père est déjà trop saoul pour se rendre compte. De toute façon, à la place du petit Frachon, il en ferait autant.

Il ne l'épousera pas pour son argent, puisqu'il en a ! Et puis c'est pas les deux trois terres qu'elle possède à gauche et à droite qui changeront grand-chose. Une goutte d'eau dans l'océan de sa fortune à lui. Elle cligne des yeux parce que les lumières se rallument.

Les hommes se précipitent vers le bar en rajustant leur pantalon, les femmes défroissent leur robe.

Sous l'œil sévère de la mairesse, la grande Simone sert des petits rouges.

Jeannette boit deux gorgées de limonade. Ses chaussures la serrent. L'orchestre a pris une petite pause. Des enfants courent sur la piste. Leurs mères les poursuivent pour les rhabiller et les conduire au lit. La lune n'est plus au-dessus de la colline.

Ils auront quatre enfants, une nurse et une bonne.

La farandole s'organise. C'est à qui prendra la plus jolie main.

D'un geste discret du bras, il la retient. Ils n'iront pas se mêler à la joie bruyante des autres, ils resteront spectateurs avec un demi-sourire. Sans rien dire, elle lui redressera son nœud papillon qui penche sur le côté.

Quand la chenille passe devant elle, le bas de sa robe se soulève. L'oncle Ferrachat, qui boit comme un trou, essaie de profiter du tumulte pour toucher les fesses maigres de Mme Wasserman.

Il se penchera sur elle très gentiment et lui caressera la joue.

Il viendra et elle ne l'épousera pas pour son argent.

Elle a trente-quatre ans, mais même s'il a dix ans de plus qu'elle, elle l'épousera.

D'un geste de la main, elle refuse le chapeau pointu que lui propose une petite fille. La petite fille le lui plante d'office sur le sommet du crâne.

– Garde-le, mon amour, lui dit-il, tu ressembles à une fée.

Parce qu'en plus de cela, il est gentil.

Il viendra.

Il y a une série de paso doble, ensuite, que Thérèse, la maîtresse en pantalon, danse merveilleusement bien. Ses élèves la regardent, ébahis. Ils l'ont souvent vue dans la cour de l'école, mais rarement comme ça.

Au fond, là-bas, au-delà des lumières, les hommes se regroupent autour des WC. Lorsqu'ils sortent, ils n'ont pas fini de se boutonner.

De nombreuses familles sont déjà parties, parce qu'il se fait tard.

Il viendra.

Jeannette soulève son derrière, tend sa robe, et lisse ensuite les plis qu'elle fait sur son ventre. Avec la pointe du pied droit, elle libère son talon gauche du carcan de sa chaussure. Elle aura de la peine à la remettre tout à l'heure.

Et c'est le moment béni des valses lentes. Les lumières blanches s'éteignent.

Il viendra.

Les hommes reprennent leur ronde. Lorsqu'il passe devant Jeannette, le nouveau menuisier fait un large détour.

Les couples se forment.

Le petit Frachon et la petite Bouvier ne savent pas valser, mais il leur reste quelques forces pour se serrer l'un contre l'autre en pleine piste.

– Non, monsieur, je ne danse pas avec un homme dont le pantalon est trop court.

Ses caprices font partie de son charme.

Il viendra et il ne l'épousera pas pour son argent.

Jeannette croise les cuisses.

Il s'incline devant elle, simplement vêtu de son sobre smoking blanc. Leurs poitrines se rencontrent. Il pose sa main droite haut sur ses omoplates et l'entraîne. Ils tournent. Elle sent sa robe se gonfler derrière elle. Elle ferme les yeux. Il sourit. Autour d'eux se fait un large cercle. Les danseurs s'arrêtent pour les admirer. L'orchestre accélère. Ils vont s'envoler.

On ne voit plus la lune dans le ciel, mais il y a toujours les étoiles.

Il se penchera doucement vers son oreille et lui dira :

– Venez Jeanne – il l'appelle Jeanne –, allons nous aimer calmement au château.

La voiture entrera jusque dans la cour de l'école. Le chauffeur en livrée noire leur tiendra la porte ouverte.

Par la vitre abaissée, elle saluera le village tout entier. Des dents grinceront. Il lui posera la main sur la cuisse.

Il viendra et il aura de l'argent.

Après les valses, il y a un long jerk.

Il y a des mères aussi qui se mettent en colère et qui traînent leurs enfants vers la sortie.

Il y a des hommes encore autour du bar et par terre des serpentins, des confettis, des chapeaux piétinés.

Il ne reste plus guère que deux ou trois danseurs. Les étoiles pâlissent. Jeannette quitte sa deuxième chaussure. Mlle Thérèse bâille et monte se coucher au premier. Le chanteur annonce que la nuit se termine, il remercie et donne rendez-vous aux danseurs cinq mois plus tard, pour la Saint-Sylvestre.

Il viendra. Il arrivera *in extremis*.

Les musiciens plient bagage. Le chef d'orchestre, au milieu de la cour, a reculé la camionnette.

Simone finit de ranger les verres dans un carton. Le boulanger finit son rouge.

Au fond, là-bas, la porte des cabinets claque une dernière fois.

Le musicien a du mal à faire rentrer sa contrebasse dans le camion. Il bâille.

Le marchand de légumes, comme une ombre, piétine dans la cour.

La camionnette s'en va. Le guitariste a les yeux cernés.

La grande Simone a empoigné le balai et repousse le plus gros des cotillons et des confettis sous le préau au cas où il pleuvrait.

Le ciel blanchit derrière la colline, et déjà on peut apercevoir sur le fond sombre des sapins la masse noire de la Grande Maison.

Le marchand de légumes s'avance.

– Dépêche-toi, Simone, il va faire jour, je veux pas qu'on me voie. Ma voiture est juste là.

– Je ne dis pas non, mais il faut que je finisse le travail d'abord.

Il enfonce les poings dans ses poches et attend. Le nouveau menuisier passe, furtif, en rasant les murs et monte chez Thérèse. Simone ne le regarde même pas. Le temps passe.

– Soulevez vos pieds, mademoiselle Jeannette, et faites attention que je balaie pas vos chaussures. Vous êtes encore bonne dernière, cette année !

Jeannette se baisse. Ses genoux craquent. Elle prend un escarpin doré dans chaque main, se lève et traverse lentement la cour. Il fait presque jour et les graviers lui meurtrissent les pieds.

Le temps qu'elle arrive chez elle, ce sera le matin et ses bas fins seront déchirés. Elle en rachètera d'autres pour la Saint-Sylvestre.

La décision

Elle avait décidé que, lorsque la pointe de ses seins tomberait plus bas que la pliure de ses coudes, la vie ne vaudrait plus la peine d'être vécue.

Elle avait décidé que jamais son ventre ne devrait faire plus de deux plis lorsqu'elle était assise sur le bord de son lit devant l'armoire à glace.

Elle avait depuis longtemps tracé une ligne imaginaire sur ses cuisses au-delà de laquelle ses fesses ne devaient pas descendre.

Il y avait aussi une qualité de peau d'orange qu'elle ne tolérerait pas, une forme de petite enflure au-dessus du genou également.

Elle savait, pour avoir obsessionnellement étudié la question, que tout cela n'était passible d'aucun régime, d'aucune crème, d'aucun diurétique, d'aucun sauna, d'aucun coupe-faim, d'aucun biscuit-repas au son, d'aucun gant de crin. Elle savait que c'était l'âge, et l'âge était une maladie dont elle ne devait pas se remettre.

Elle avait lutté si fort, s'était tant et tant battue contre elle-même à chaque repas, à chaque sortie, à chaque envie, qu'elle ne supporterait pas ces déchéances-là. Elle ne tolérerait pas son ventre flasque, ses joues creuses, ses mollesses, c'était un désaveu qu'elle n'accepterait pas de son corps après les soins qu'elle avait eus pour lui, après autant de grillades haricots verts, après autant d'œufs durs crudités, après autant de radis sans beurre.

Lorsque le matin arriva où, au terme d'une inspection soignée, elle dut constater que l'inacceptable était advenu, elle décida, assise nue sur le bord de son lit, les épaules basses, le dos arrondi et le ventre sorti, de se suicider. Elle opta pour l'empoisonnement pur et simple, et choisit sans hésiter le poison.

Le soir même, elle mangeait trois babas, deux éclairs, une tartelette, et buvait une demi-bouteille de champagne.

La surprise

Elle n'était pas du genre à avoir un judas sur sa porte. Quand on sonnait, elle ouvrait, sans calcul et sans s'interroger. Elle ouvrit donc, puisqu'on avait sonné.

Elle fut assez épatée. N'importe qui avait loisir de débarquer chez elle et à n'importe quelle heure sans que cela puisse passer pour un événement ; n'importe qui, sauf la grosse Claudine.

Et c'était justement la grosse Claudine qui était là, en chapeau et imperméable noir, à se dandiner sur son paillasson, un paquet à la main, l'air encombré d'elle-même et les joues rouges d'avoir fait le trajet à pied.

Claudine n'était pas interdite de séjour chez elle, pas vraiment, mais comme elle lui avait fait une vacherie la semaine d'avant, elle s'attendait à recevoir une vacherie en retour et pas une visite. C'était tout. Surtout que Claudine n'était pas du genre à passer à l'éponge ; avec elle c'était donnant-rendant, un croc-en-jambe pour un coup de pied.

C'est pour ça qu'elle était étonnée de la voir là sur son perron.

– Je peux entrer, Jeanine ?

– Bien sûr, bien sûr...

Jeanine sortit de sa stupeur et fit entrer Claudine au salon. Elle se dégrafa, se déchapeauta et s'assit du bout de ses énormes fesses sur le canapé de velours.

– Figure-toi, Jeanine, que j'ai retrouvé un vieux carnet du temps de ta mère et j'ai vu dessus que c'était aujourd'hui ton anniversaire. J'ai pensé que je devais t'apporter un cadeau.

– Un cadeau ?

Claudine tendit son paquet à bout de bras. Jeanine le prit.

– Merci.

Jeanine était si troublée qu'elle se leva, posa le paquet au milieu de la table, sur la toile cirée, et trouva un prétexte pour disparaître un instant dans sa cuisine et retrouver ses esprits.

– Je vais nous faire du café, je reviens.

– Te donne pas cette peine.

– Il est tout frais, j'ai qu'à le réchauffer. Mets-toi à ton aise.

Elle réchauffa le café et sortit du frigo le gâteau au chocolat qu'elle s'était confectionné pour le soir.

Elle le mit sur un des plats de service en Limoges et alla l'offrir à Claudine.

Claudine protesta pour la forme et commença à s'empiffrer.

Elles bavardèrent comme si de rien n'était. Elles bavardèrent comme deux vraies cousines, comme s'il n'y avait pas eu l'héritage Frachon, comme s'il n'y avait pas eu non plus cette histoire du terrain marécageux.

Dans son trouble, Jeanine n'avait pas pris le temps d'ouvrir son cadeau, et elle n'osait plus le faire maintenant. Elle le regardait de temps à autre, un peu gênée, mais Claudine ne semblait pas se formaliser de son attitude.

Tout en parlant des mésaventures de la veuve Wasserman et du changement du jour de marché, Jeanine réfléchissait. Elle trouvait étrange que l'idée lui vînt qu'à l'intérieur Claudine avait caché une bombe à retardement.

Elle en était capable. Elle était réputée pour abattre ses lapins au fusil et on disait dans le pays que c'était elle qui confectionnait ses cartouches. Elle avait donc la poudre...

Si c'était une bombe à retardement, elle pouvait exploser d'une seconde à l'autre ; Jeanine résolut donc de retenir Claudine autant que possible, pour la forcer à se démasquer.

Claudine resta volontiers.

Vers sept heures et demie, elle accepta une assiette de soupe, puis un morceau de viande froide avec un reste de nouilles et un morceau de fromage. Elles finirent ensuite le gâteau et burent une tisane. Claudine ne montra pas le moindre signe d'impatience.

Jeanine ne se résolut à la laisser partir qu'après onze heures, lorsqu'elles eurent épuisé tous leurs sujets de conversation avouables et que le sommeil commença à faire cligner leurs paupières.

La bombe n'était donc pas programmée pour exploser dans la soirée.

Jeanine remercia une dernière fois, aida Claudine à enfiler son imperméable, referma sur elle la porte à double tour, et se retrouva en tête à tête avec son paquet. Peut-être la bombe allait-elle exploser lorsqu'elle couperait le ruban. Peut-être y avait-il à l'intérieur une poire de vitriol qui lui giclerait au visage aussitôt le papier déchiré.

Elle ne se laissa pas prendre à un piège aussi grossier.

Grâce à un dispositif ingénieux, elle fabriqua une télécommande pour ses ciseaux : elle passa le ruban entre les lames, fixa avec un scotch l'anneau supérieur du ciseau en prenant garde de ne pas trop le tendre, noua un fil à l'anneau inférieur, le fit coulisser dans la poulie du lustre, dévida la bobine jusque dans sa chambre et, en sécurité derrière le gros de mur, tira.

Le ciseau coupa le ruban et la bombe n'explosa pas.

Jeanine fut rassurée.

Le ruban coupé, il restait à déplier le papier. Elle le fit avec la pincette de la cheminée en prenant soin de détourner les yeux et le visage pour éviter la brûlure terrible du vitriol.

Le vitriol ne gicla pas.

Jeanine reprit confiance. Le paquet avait l'air bien inoffensif. Claudine n'était peut-être pas aussi diabolique après tout. Peut-être avait-elle renoncé à lui rendre sa vacherie...

Elle s'approcha.

Sous le papier cadeau, il y avait une boîte en carton ondulé ordinaire. Du bout de la pincette, elle la souleva. A l'intérieur, elle entendit un vague bruit de plastique qui n'avait rien de très menaçant.

Elle reposa la pincette et, saisissant son courage à deux mains, empoigna la boîte, déchira la bande de papier collant avec son ongle, dégagea le rabat et l'ouvrit.

Elle bascula le carton et découvrit son cadeau.

Il était recouvert de tissu éponge rouge, une loupe magnifiait les chiffres du compteur, une petite molette en plastique permettait de régler le curseur. C'était une très bonne marque, réputée pour sa solidité...

La grosse Claudine lui avait offert un pèse-personne.

« Quelle idée ! pensa Jeanine en souriant. Elle a dû gagner ça à la tombola ! »

Elle qui ne s'était jamais posé la question de savoir si elle était maigre ou grosse, qui n'était jamais montée sur une balance, même chez le pharmacien, tourna et retourna son pèse-personne en tous sens.

« Elle a de drôles d'idées, la Claudine, répéta-t-elle en gloussant, des idées de grosse ! »

Elle posa le pèse-personne sur le plancher, posa le pied droit dessus, et fit son premier pas en enfer.

Graffiti

Avant même d'être sortie de la gare, Thérèse sut qu'*il* avait recommencé ; rien qu'à voir le sourire trop gentil du chef de gare et la façon trop gentille que le sous-chef avait eu de soulever sa casquette.

Elle sortit sur la petite place, sa valise dans une main et son sac de voyage dans l'autre, du côté où elle portait également son sac à main en bandoulière.

Il avait donc profité de ses quelques jours d'absence pour recommencer. Ce n'était pas le courage qui l'étouffait, *il* ne serait pas venu faire ça quand elle était là, devant tous les enfants.

Le quincailler, qui alignait ses rouleaux de grillage devant sa boutique, lui sourit lui aussi, de la même façon que l'on sourit à un malade que l'on sait condamné. Elle posa une seconde sa valise pour déboutonner la veste de son tailleur noir. Il faisait chaud. Elle payait cher sa liberté.

Son père, lorsqu'il était encore vivant, lui avait longuement parlé du temps où le maître ou la maîtresse d'école inspiraient le respect dans le village, le temps où personne n'aurait osé porter le moindre jugement sur ceux qui détenaient le savoir et se chargeaient de l'éducation des enfants. Les choses avaient bien changé. Le jour même où elle revenait d'enterrer sa mère, *il* avait recommencé ; *il* lui infligeait une double humiliation.

Elle s'arrêta pour changer sa valise de côté. Deux gosses passèrent près d'elle.

– Bonjour, mademoiselle Thérèse.

– Bonjour.

Ils s'éloignèrent en riant.

La poignée de la valise lui sciait les doigts. Comme s'ils pouvaient y comprendre quelque chose, ces gosses.

Elle n'était pas mariée, c'est vrai, mais cela n'empêche pas que l'on puisse avoir une vie comme les autres, des désirs, des envies, des besoins, des espoirs aussi, pourquoi pas... Elle se sentait parfaitement en droit de faire l'amour avec un homme et même avec plusieurs, ce dont elle ne se privait pas.

Elle souffla sur la voilette de son chapeau qui lui chatouillait le nez.

Si elle savait au moins lequel... Si elle pouvait lui parler entre quatre-z-yeux... Les femmes qui se pressaient vers les deux ou trois boutiques de la place lui souriaient en inclinant la tête. Pourquoi ne pas lui tirer la révérence pendant qu'elles y étaient ?

Elle était sûre que c'était un homme qui faisait le coup, elle en était sûre parce que c'était vrai, tout simplement.

Elle riait. C'était vrai, elle riait...

Elle était bien certaine aussi qu'aucun de ceux qui passaient dans son lit n'aurait eu assez de courage pour raconter ces choses-là à sa femme.

Dans le fond, ce qui rendait son enquête difficile, c'est qu'ils étaient tous aussi capables les uns que les autres de lui faire ça.

Elle s'arrêta à nouveau dans la côte pour changer sa valise de côté. Tout le monde lui décochait de grands sourires, mais personne ne serait venu lui donner un coup de main. Ils étaient tous trop heureux pour s'avancer avec elle jusque devant sa maison, jusque devant sa façade. Dans un an, elle serait mutée...

Ils avaient dû faire ça la nuit dernière, et depuis ce matin, tout le village était passé deux fois devant.

Pourquoi n'avait-elle pas pensé à fourrer ce stupide chapeau dans sa valise avant d'arriver à la gare ? La sueur lui collait des mèches de cheveux sur le front. Elle donnait l'impression de se cacher derrière cette voilette, et pourtant ce n'était pas son genre...

Elle tourna au coin de la rue, la valise lui battait le mollet gauche.

Maintenant qu'elle était rentrée, ils allaient tous se précipiter, tous revenir se faire cajoler, et le premier à se jeter dans ses bras serait peut-être le coupable. Sans doute finirait-elle par savoir un jour, lorsqu'elle aurait quitté le pays.

Il lui suffisait de tourner les talons plus de vingt-quatre heures et il recommençait. Bien entendu, il prenait soin de maquiller son écriture.

Elle fut tentée un instant de poser à nouveau sa valise, de s'asseoir dessus pour reprendre souffle, mais elle préféra, en fin de compte, se mettre à courir pour arriver plus vite.

Elle déboucha au carrefour à bout de souffle et entra dans la cour de l'école. L'inscription sur le crépi blanc de la façade lui sauta aux yeux ; elle en fut presque soulagée. Elle avait deviné juste.

C'EST THÉRÈSE QUI RIT QUAND ON LA BAISE.

Elle posa ses bagages devant la porte et ouvrit le portail du garage. Le pot de peinture blanche était prêt, sur l'étagère, avec son gros pinceau fiché dedans et l'essence à côté.

Elle en versa quelques gouttes dans le pot, brisa la pellicule qui s'était formée à la surface du liquide, et ressortit.

C'était vrai qu'elle riait. Et après ?

En tailleur noir et en chapeau à voilette, elle peignit par-dessus l'inscription.

De deux traits de pinceau, elle couvrit QUAND ON LA BAISE.

Elle n'avait pas de temps à perdre, le lendemain l'école commençait à huit heures et il lui fallait encore corriger les cahiers de leurs fils.

Elle couvrit le C'EST et le QUI, puis prit deux ou trois pas de recul et inclina la tête.

THÉRÈSE RIT

Trois coups de pinceau et elle aurait fini.

Belle de lunch

Dès que la mairesse eut planté les incisives dans un toast aux œufs de lump épais comme une baguette, tous se précipitèrent vers le buffet, libérant un vaste territoire au milieu du préau.

Chaque année, aux beaux jours, le maire donnait dans la cour de l'école un lunch en l'honneur des vieux de la commune. Tout le village était convié et personne ne ratait l'occasion d'une telle sortie. Ce n'était pas tous les jours que l'on faisait bombance aux frais de la municipalité...

Jeannette Ferrachat, dans sa vaste robe de mousseline, était restée en retrait, et c'est pour cela que Francis Marcon la remarqua.

Elle se tenait debout, adossée au portique, indifférente au tumulte extérieur, songeuse, la tête légèrement inclinée sur l'épaule. Autour de la table, des bras s'agitaient, des mains se tendaient, on s'écrasait les pieds.

Elle regardait, par-dessus les têtes, la cime des arbres de la cour. Francis était de ceux qui mangent assis. Il aurait de loin préféré un banquet, et il estimait que les étouffe-chrétien du pâtissier ne valaient pas une bagarre. Il restait en retrait lui aussi ; le fait qu'il était nouveau dans le village ne l'incitait pas non plus à se mettre trop en avant.

Il regardait Jeannette.

Elle avait un visage de blonde dodue aux traits délicats, un regard bleu et doux, des lèvres pâles étirées en un mystérieux sourire, des cheveux frisottés qui retombaient de part et d'autre de ses joues ; tout en elle était douceur teintée de tristesse. Francis se redressa, bomba un peu le torse et, d'un geste familier de la main gauche, rectifia la position de la mèche que ses cheveux faisaient sur son front.

La robe qu'elle portait était étrange : longue, sobre et compliquée, composée de plusieurs volants de mousseline dans un camaïeu allant du mauve au rose, qui frémissait au moindre souffle. Le col était au ras du cou, très strict, mais sous les bras des ouvertures coquines étaient maintenues par de petits liens parme qui laissaient voir des morceaux de peau inhabituels.

Francis pensa à une exquise cantatrice et ne se demanda pas pourquoi ; il se demanda comment, par contre, il avait eu l'idée sotte de garder le blue-jeans de velours beige qu'il portait à l'atelier et qui devait encore être plein de sciure. Il baissa discrètement les yeux et constata que ses genoux dessinaient des poches mollassonnes. Il croisa les jambes pour limiter les dégâts et se donner l'air plus décontracté. Francis n'était pas très habile avec les femmes, du moins pas avec ces femmes-là. Les jeunes étaient rares au village, et les célibataires encore plus. Avec celles qui ne lui faisaient pas vraiment envie, il n'avait généralement pas de problème ; il leur parlait, elles l'écoutaient ; pour faire bonne mesure, il les écoutait à son tour ; souvent, ils s'aimaient peu après, et lui se trouvait aussitôt saisi d'une irrésistible envie de les foutre dehors et de les renvoyer à leur vie. Il le faisait et c'est pour cela qu'il vivait seul. Avec les femmes qu'il désirait très fort, il ne parvenait jamais à rien, car il ne tentait jamais rien.

Jeannette Ferrachat était de celles dont il avait envie.

Il s'imaginait l'installant dans l'appartement derrière la menuiserie, partageant avec elle ses projets, ses rêveries ; d'un seul coup, il n'était plus celui qui arrive seul partout et repart de même.

Il la regardait.

Rien n'était plus profond que ses yeux bleus, rien n'était plus parfait que l'ovale de son visage, rien n'était plus limpide que son front lisse, rien n'était plus doux que son teint, rien n'était plus rond que ses joues, rien n'était plus prometteur que ses lèvres, et rien n'était plus diaphane que sa peau...

Il changea de pied d'appui.

On savait, dans le village, que Jeannette avait un peu de bien, et cela ne facilitait pas les choses. Il y en avait plus d'un à lui tourner autour pour des raisons douteuses. Comment allait-il l'aborder ?

Le temps pressait. Les premiers convives, rouges et satisfaits, commençaient à s'égayer sous le préau et dans la cour, un verre gagné de haute lutte à la main, et il s'en trouverait sûrement un assez saoul pour aller l'aborder grossièrement avant lui. Comment ?

S'arrachant à son rêve, elle quitta le portique et vint s'asseoir sur un banc à deux pas de lui.

La mairesse, une grosse bourrique, s'approcha de Francis et lui tendit une assiette dans laquelle restaient quelques petits fours frais ; il en prit un machinalement et remercia d'un geste de tête.

– Quel appétit d'oiseau ! s'exclama-t-elle.

Il sourit et fit un pas vers le banc.

En s'inclinant, la mairesse tendit l'assiette à Jeannette. Une incroyable lueur de tristesse passa dans les yeux de la jeune femme. Elle détourna la tête et repoussa l'assiette de la main.

– Ah, c'est vrai, j'oubliais votre régime ! Excusez-moi, Jeannette.

« Tentatrice ! » pensa Francis en substance, mais sans chercher à savoir exactement pourquoi.

S'asseoir à côté d'elle, simplement, lui prendre les

mains pour les baiser, lui offrir une épaule pour reposer sa tête, lui sourire. Faire semblant de trébucher pour s'écrouler à ses pieds, l'inviter à faire une promenade, lui offrir un vrai dîner, lui composer une chanson comme ça sur le genou, lui tendre une pochette avant même qu'elle ne commence à pleurer...

Toutes ces recettes-là étaient bonnes pour les femmes moyennes – celles qui ne lui plaisaient pas vraiment –, mais pour celle-là ?

Il rechangea son pied d'appui et suça l'extrémité de ses doigts, qui collaient un peu.

Un petit groupe regardait dans la direction de la Grande Maison bâtie à flanc de colline d'où la dame impotente participait à la fête grâce à sa longue vue. Ils lui adressaient de petits signes de la main, comme on fait dans la foule lorsque passe une caméra de la télévision.

Tous les hommes de la société étaient laids et vulgaires, toutes les femmes lourdes et mal vêtues.

Oserait-il ?

Un bellâtre en complet noir s'approcha du banc et s'y laissa tomber lourdement. Son regard en disait long sur ce qu'il espérait de la jeune femme blonde.

Francis plongea.

Il bouscula trois personnes, écarta une chaise et, haletant, se planta droit devant Jeannette.

Elle leva les yeux sur lui, enfin.

– Vous avez un très beau visage, dit-il d'un trait.

Elle le regarda, stupéfaite.

Pendant un instant qui sembla une minute, il ne se passa rien, puis deux énormes larmes basculèrent des yeux bleus de Jeannette et elle éclata en sanglots.

Francis la regarda sans comprendre et, instinctivement, lui tendit la main.

Elle la repoussa violemment et piqua une crise terrible.

Elle hurlait.

Son visage se décomposait, elle se tirait les cheveux, lançait des phrases incohérentes, essayait de se libérer du carcan de son col, hoquetait. Francis fut bousculé et rejeté à l'écart, tout le monde se précipita pour voir. Les cris se mêlaient aux commentaires, des bras s'agitaient à nouveau, et on se remarchait sur les pieds. La crise continuait.

La mairesse, qui n'avait pu s'introduire à temps dans la mêlée, lança un ordre péremptoire.

– Laissez-la respirer !

Les convives s'écartèrent pour faire cercle à distance, lui ouvrant, par la même occasion, un passage.

Francis put voir la jeune femme : elle était méconnaissable. En quelques minutes, son visage s'était défait : il était marbré de rouge, les lèvres blanchissaient, les cheveux pendaient, lamentablement collés sur les joues par les larmes...

– Que se passe-t-il, Jeannette ? demanda la mairesse.

Elle resta prostrée.

– Calmez-vous, calmez-vous... que se passe-t-il ?

Doucement, du bout des doigts, la mairesse lui coiffa les cheveux en arrière.

Jeannette hoquetait.

– Que se passe-t-il ?

Elle se calma un instant, leva faiblement les bras, et désigna Francis.

Il resta pétrifié.

Entre deux sanglots, elle articula :

– Il m'a dit que j'étais grosse !

La télévision en couleurs

Elle n'aurait pas été la première du village à l'avoir, la télévision en couleurs, mais pas la dernière non plus. Elle se trouvait dans le juste milieu et elle aimait ça.

Le monsieur de l'antenne était venu la veille et le livreur était là, le matin, pour installer le poste.

Elle avait choisi le grand modèle en couleurs, officiellement parce que sa vue baissait et secrètement parce qu'elle ne voulait pas être en reste avec le charcutier et la charcutière qui en possédaient un semblable.

Le livreur brancha l'antenne, régla l'image et lui montra comment elle devait opérer pour mettre la télé en marche, pour doser le son, la luminosité et la couleur.

Elle s'étonna : le monde n'avait donc pas une couleur unique, chacun pouvait à son goût le rougir, le pâlir ou l'assombrir. Elle allait s'en payer.

— Et voilà ! fit le livreur. Si vous voulez bien signer...

Elle signa, lui glissa une pièce dans la main et le regarda s'en retourner vers son petit camion.

Odette Froideveau se retrouva seule avec sa télévision. Au début, ce fut une idylle. Elle regarda tout, jour et soir, s'acheta des magazines, et toutes les têtes qu'elle voyait défiler lui devinrent vite familières. Par jeu, elle fit un temps rougir les hommes politiques, elle assombrit les chanteuses, fit pâlir les speakerines, mais renonça bientôt pour rester confortablement calée dans son grand fauteuil, les jambes croisées sur un tabouret, un demi-sourire béat aux lèvres. Elle apprit à manger en regardant et se spécialisa même dans ces bricoles que l'on peut croquer sans détourner les yeux : elle tendait la main machinalement vers la boîte posée sur la petite table à gauche du fauteuil et se fourrait dans la bouche les friandises.

Elle avait remarqué d'ailleurs que la télévision vantait souvent ces friandises-là, et il lui arrivait parfois de croquer sans le voir un chocolat dont elle pouvait, au même instant, contempler l'image magnifiée sur l'écran.

Pour que ce hasard miraculeux se reproduise le plus souvent possible, elle achetait tout ce dont on parlait à la télé et trouvait tout également fameux.

Elle était bien. Elle aimait la lueur dont le poste baignait son salon, et dans les longues soirées d'hiver il lui semblait même parfois qu'il diffusait de la chaleur.

Elle avait d'abord regardé son poste en égoïste,

presque secrètement, puis, dès qu'elle s'était sentie plus solide, dès qu'elle avait eu la certitude de connaître tout le monde, sur toutes les chaînes, elle s'était, elle aussi, mise à discuter avec les gens du village. Chaque matin, chez la charcutière, on commentait l'émission de la veille, on bavardait sur tel ou tel, sur le corsage de la speakerine, sur la cravate du journaliste... On reprenait les thèmes des débats, on parlait des livres que l'on ne lirait jamais, on savait tout des marées noires, des surgénérateurs, des psychopathes et des femmes enceintes. Elle s'était même décidée à commander à la buraliste, qui n'en revenait pas, un *France-Soir* pour connaître la volupté des indices d'écoute et le frisson des taux de satisfaction.

Le soir, lorsqu'elle allumait son poste et commençait à croquer ses friandises et avaler ses yaourts aux fruits, Odette pensait que tout le village faisait comme elle, et cela lui donnait chaud au cœur. Elle se calait un peu mieux dans son grand fauteuil, posait les pieds sur le tabouret devant elle, lissait son tablier sur ses cuisses, et regardait défiler, avec un demi-sourire de bonheur, les informations.

Un matin, Odette se trouva chez le charcutier en même temps que la grosse Claudine. Les deux femmes se détestaient et semblaient s'être composé pour toujours des itinéraires et des horaires qui leur permettaient de s'éviter. Claudine, pour descendre sur la place, prenait le chemin du haut et faisait ses courses le soir. Odette passait par en bas et s'approvisionnait le matin. La plupart des gens du village avaient perdu mémoire du motif de leur querelle, mais tous la respectaient.

Ce matin-là donc, Claudine avait failli à la règle et était descendue à la charcuterie alors qu'il n'était que dix heures et quart. Odette la vit à travers la devanture, mais, puisqu'elle était dans *ses* heures, elle décida de ne pas reculer et de faire valoir publiquement son bon droit.

Elle entra.

Claudine lui tournait le dos et bavardait avec le charcutier.

– En tout cas, disait-elle, je suis bien d'accord avec le barbu : il faut au moins conserver la guillotine pour ceux qui tuent des enfants.

Odette comprit aussitôt qu'ils étaient en train de parler du débat de la veille sur la peine de mort.

« Cette grosse Claudine a donc la télé ! » pensa-t-elle.

– Enfin, ce que j'en dis, de toute façon, ils savent mieux que nous ce que nous avons à faire. Donnez-moi donc des cervelles congelées.

« Des cervelles congelées ! »

Odette avait l'intention d'en prendre, elle aussi, puisqu'ils avaient passé une publicité juste après le journal de la veille. La grosse Claudine regardait donc aussi les publicités.

Odette décida aussitôt d'acheter des côtelettes. A cet instant, Claudine se retourna et la vit.

Prise en faute, elle s'empêtra les doigts dans son porte-monnaie, bafouilla, ce qui n'était pas dans ses habitudes, fourra ses cervelles dans son cabas et sortit.

Le passage était si étroit entre la banque réfrigérée et le mur que, lorsque Claudine croisa Odette, leurs ventres se touchèrent. Elles n'échangèrent même pas un regard.

– Donnez-moi deux côtelettes, fit Odette lorsque le carillon de la porte eut tinté.

– Tout de suite, madame Froideveau, répondit gaiement le charcutier, trop content qu'il n'y ait pas eu d'esclandre dans sa boutique.

Il prit l'échine de porc et commença à tailler les côtelettes.

– Alors, poursuivit-il, vous avez vu le débat, hier ?

– Comme tout le monde ! répliqua sèchement Odette.

Il n'insista pas.

Au milieu de la place du village, elle s'arrêta pour penser. Il n'était pas question qu'elle parle de la même chose que la grosse Claudine.

En accrochant son imperméable au porte-manteau derrière la porte d'entrée, elle ressentit un frisson dans le dos, comme si la fièvre était en train de s'installer en elle, comme si elle couvait quelque chose.

Elle regarda ses côtelettes dorer dans la poêle. Il

n'était pas question qu'elle mange la même chose que la grosse Claudine. Pas question.

Si elle se mettait à parler de la même chose que la grosse Claudine et à manger la même chose que la grosse Claudine, elle finirait par *devenir* la grosse Claudine. Et elle ne voulait à aucun prix être la grosse Claudine, *digérer* comme la grosse Claudine...

Elle ne prit pas de dessert. Et puis, il n'y avait pas de raison que cela s'arrête à elle : si cela continuait, le village tout entier allait bientôt être la grosse Claudine, et puis le canton, le département, le pays tout entier et puis d'autres pays ensuite... Un seul homme allait parler dans le poste à une seule grosse Claudine... Le monde entier allait écouter comme Claudine, rire comme Claudine, penser comme Claudine, manger comme Claudine, à la même heure, au même instant...

Elle en oubliait la bouilloire dans laquelle chauffait l'eau pour le café et qui chantait sur la gazinière. Il lui semblait qu'il y avait là une tricherie sur la vérité, une tricherie sur la liberté... Quelque chose de plus grave que les coups de bâton, de plus grave que les violences, de plus inquiétant, de plus injuste.

Un nouveau frisson lui parcourut le dos et elle se leva pour enfiler une petite laine.

Ce jour-là, elle ne regarda pas « Aujourd'hui madame ». Son café avalé, elle se mit au lit pour réfléchir. Elle réfléchit effectivement une quinzaine de secondes, puis sombra dans une sieste épaisse, suante et agitée.

Lorsqu'elle se réveilla sur le coup de cinq heures, sa robe de chambre était entortillée autour de ses jambes, ses cheveux étaient défaits, mais elle avait trouvé une solution, *sa* solution, son antidote à la claudinification du village.

Puisqu'il était établi une bonne fois pour toutes que l'on ne pouvait pas se passer de spectacle, elle allait, *seule*, offrir un spectacle chaque soir à une *seule* personne du village pour que, chaque matin, il y ait au moins quelqu'un qui parle d'autre chose que la grosse Claudine. Elle organisait la résistance !

Elle se leva d'un bond, retapa son lit hâtivement et se précipita sur sa bibliothèque. Elle n'avait pas une seconde à perdre.

Le premier soir, elle récita une poésie de Victor Hugo à Mme Wasserman, le lendemain elle exécuta la recette du baba au rhum devant Thérèse, l'institutrice, et pour le charcutier qui devait venir le jour suivant, pour ce gros charcutier qui se donnait des airs de poète et ouvrait le col de sa blouse dès le printemps venu, elle allait faire une danse du ventre. Une danse du ventre pour le charcutier !...

La vie des mots

Piquée au beau milieu de la place, devant la porte du docteur Desfleurs qu'elle n'avait même pas pris le temps de refermer, les jambes légèrement écartées et les cheveux en bataille, Simone Marquet, la grande Simone, venait d'entrer subitement en méditation.

« Les mots sont quand même des choses bizarres, pensait-elle, on les ignore pendant quarante ans et, ensuite, ils vous tombent dessus d'un coup, ne veulent plus vous lâcher et finissent par vous changer la vie... »

La veille, la dame de la Grande Maison, chez qui elle faisait le ménage, lui avait donné, en la payant, un numéro de *Elle* qu'elle avait déjà lu.

Rentrée chez elle, Simone avait renoncé à la vaisselle qui s'entassait dans l'évier, s'était étendue sur son lit défait pour regarder les images. La lecture n'était pas son fort, mais elle adorait les photos et les dessins de mode. Rien ne la faisait mieux rêver.

Sur la couverture, on voyait une belle fille en maillot de bain, grande, fine, bronzée.

Simone la détailla puis mesura, à l'empan de sa main droite, la distance qui séparait son épaule de l'extrémité de son sein, pour voir si sa poitrine était plantée aussi haut que celle de la fille. Elle se tâta ensuite les mamelons pour juger de leur fermeté. A son âge, elle pouvait s'estimer satisfaite.

Et puis ses yeux furent attirés par des lettres...

Sur le côté gauche de la couverture, en lettres jaunes assorties au maillot de bain du mannequin, elle lut : *Notre grande enquête de la semaine : l'orgasme.*

Pour avoir travaillé toute sa vie, elle savait ce qu'était une *semaine*; elle savait aussi ce qu'était une *enquête*, elle se doutait de ce que pouvait être une *grande enquête*, mais elle ignorait totalement ce que pouvait être *une orgasme.*

D'ordinaire, lorsqu'elle rencontrait un mot qu'elle ne connaissait pas, elle le sautait à pieds joints et se précipitait sur la prochaine image; cette fois-là, elle eut envie d'en savoir plus.

Elle chercha la page où commençait l'enquête, la trouva, relut le titre en haut à gauche, puis entama le premier paragraphe de l'article qui était écrit en lettres plus grosses que la suite.

Il y avait toujours un peu de fatras au début, un peu

de discours, puis ensuite l'objet de l'enquête était clairement exposé et défini.

Jamais la grande Simone n'avait lu aussi vite.

Elle laissa retomber le magazine sur ses genoux, les yeux fatigués et la tête bourdonnante.

C'était donc cela !

Elle n'en revenait pas.

Cela avait donc un nom ! On avait réussi à rassembler en un seul mot tous ces petits clapotis qui se glissaient en elle et qui se réunissaient en une seule grosse vague qu'elle sentait gonfler et gonfler dans son ventre puis qui répandait partout dans son corps son écume douce si longue à disparaître !

Un orgasme !

Cela avait donc un nom !

Un orgasme !

Et en plus un nom masculin !

Elle souriait aux anges.

C'était comme si, tout d'un coup, toute une partie de sa vie prenait un sens, une importance, comme si, brutalement, elle s'était mise à peser un plus grand poids de réalité.

Elle répétait le mot « orgasme », à voix basse d'abord, puis le lançant comme un petit cri, et elle riait.

Elle passa une nuit merveilleuse.

Le mot nouveau fit remonter en elle un bouquet incroyable de souvenirs. Il lui était impossible, bien sûr, de se remémorer tous les orgasmes qu'elle avait eus dans sa vie, mais il lui en revint, parmi les plus fameux. Jamais elle ne se serait doutée que sa mémoire ait pu conserver autant de détails sur ces bons moments.

Elle se souvint de ses premières caresses de petite fille, des longs après-midi passés à garder les vaches, en serrant fort fort l'aiguillon entre ses jambes ; elle se souvint des doigts sales de ses premiers petits copains et de ses éternelles copines ; d'une petite culotte un peu serrée qui lui rentrait dans la raie des fesses...

Et puis elle se souvint du jour où le grand Joseph l'avait prise pour la première fois au bord du ruisseau, sur l'herbe douce. Il s'agitait tant et tant sur elle qu'ils avaient fini par glisser et que ses pieds étaient venus tremper dans l'eau. Le courant avait emporté ses sabots...

Elle se souvint du temps où elle courait les bergers et où Matthieu, qui gardait les moutons, l'avait eue droit debout au beau sommet de la colline, face à la vallée, face à tout le village qui devait être à sa fenêtre pour regarder...

Elle se souvint d'un soir où le garagiste l'avait appelée et renversée sur le capot d'une voiture. Il la pétrissait si fort qu'elle en avait gardé huit jours des traces de cambouis sur les seins. Son plaisir avait été si formidable, cette fois-là, qu'elle s'était mise à hurler. Le pauvre garagiste n'était arrivé à rien de son côté tant la peur que sa femme ne descende l'avait saisi. Elle revoyait son robinet flasque pendant sous son ventre et sa mine déconfite dans la pénombre du garage...

Elle se souvint aussi d'un soir à la sortie du bal, il devait être très tard car l'herbe était déjà humide, mais elle ne se souvint plus avec qui...

Chaque évocation ajoutait à son plaisir et elle répétait sans trêve le mot magique.

Elle se souvint aussi du matin où Jean l'avait prise sur son tracteur, sans même lâcher son volant et sans s'arrêter de tracer derrière lui ses sillons. Elle se souvint même qu'il penchait sans cesse sa tête sur le côté pour y voir clair et continuer à tirer droit...

Elle se souvint aussi de cent autres et ne parvint à s'endormir, repue, qu'au petit jour.

Le lendemain, elle ne rata pas une occasion de se servir de son nouveau mot. Mais il faut dire qu'au village les occasions sont plutôt rares. Elle ne l'utilisa en fait que deux fois : une avec Mlle Thérèse, qu'elle croisa sur la place et qui hocha la tête, et une autre avec la dame de la Grande Maison, qui la regarda bizarrement et passa aussitôt à un sujet voisin :

– Et vos douleurs, Simone ?

– Ça va, ça vient.

Ces douleurs que Simone avait souvent dans le ventre étaient le thème d'une dispute incessante entre les deux femmes. Il était vrai que, parfois, Simone devait s'arrêter de travailler, courbée sur son balai, mais elle avait moins peur de ce mal-là qu'elle connaissait bien que du docteur qu'elle ne connaissait pas.

– J'ai pris rendez-vous pour vous chez le docteur Desfleurs. Il vous attend tout à l'heure.

Cette fois, Simone ne refusa pas.

Elle ne refusa pas, car elle était contente de pouvoir utiliser son nouveau mot avec un spécialiste.

Cette perspective ne l'empêcha pas pourtant de trembler comme une feuille pendant les dix minutes qu'elle passa dans la salle d'attente. L'odeur d'éther lui brouillait les idées et elle ne parvenait pas à trouver le biais par lequel elle introduirait son nouveau mot dans la conversation.

Lorsqu'elle se retrouva sur la table d'examen, nue, et que le docteur commença à lui pétrir l'abdomen, elle n'avait toujours pas trouvé de solution à son problème. Elle ne pouvait tout de même pas lui dire tout à trac qu'elle avait des orgasmes. Il hausserait les épaules et continuerait à la toucher comme si de rien n'était.

Elle devait trouver un moyen *scientifique* d'aborder le sujet.

Le docteur avait fini de l'examiner. Il jetait son doigtier dans une poubelle en émail et le miracle s'était soudainement produit.

Au moment même où elle allait renoncer à lui parler de ses orgasmes, c'était *lui* qui avait prononcé le mot.

Simone s'en était trouvée tout soudain inondée de bonheur.

Il l'avait dit sans gaieté, c'est vrai, et ce qu'il avait dit ensuite l'avait un peu refroidie, mais elle était si attentive à guetter dans sa bouche le retour de *son* mot qu'elle n'avait pas tout très clairement compris.

C'est pour cela qu'elle se trouvait piquée en méditation au beau milieu de la place. Elle essayait de recoller un peu ses idées et d'y voir un peu plus clair dans ce que lui avait dit le docteur. Il n'avait pas donné tous les détails, mais, maintenant qu'elle savait l'essentiel, elle se sentait parfaitement capable d'imaginer ce qui allait se passer.

Ils allaient descendre...

Si on ne faisait rien très vite, son plaisir lui tomberait d'abord dans les cuisses, puis dans les genoux. Elle aurait ensuite quelques orgasmes dans les mollets, puis ils s'effondreraient dans ses doigts de pieds... Et après ?... Eh bien, après, il lui faudrait bien se résoudre à laisser son plaisir s'enfoncer dans la terre.

Il n'en était pas question.

Sa décision était prise. Jusque-là, elle avait résisté, faute de comprendre, mais, maintenant, il n'était plus question pour elle de laisser traîner en longueur.

Elle fit demi-tour, s'engouffra dans le jardin du docteur et lui cria par la fenêtre ouverte qu'elle était d'accord pour aller à l'hôpital et tenter l'opération.

La maison

Les Wasserman avaient vécu vingt-sept longues années de privations à la ville. Ils avaient travaillé dur tous les deux, s'étaient serré la ceinture, avaient économisé autant que l'on peut le faire, et pour cela avaient accepté de vivre dans un sous-sol obscur et sans confort pour lequel ils ne payaient qu'un très modeste loyer.

Quand au bout de vingt-sept ans ils eurent réuni la somme qui leur paraissait nécessaire, ils se rendirent au village qu'ils avaient depuis bien longtemps repéré, firent une visite au notaire et au maçon, et entreprirent de construire une maison.

Par chance, il restait un petit bout de terrain un peu serré entre deux boutiques, qui donnait directement sur la place centrale. C'était rêvé.

On leur construisit donc une maison.

Lorsqu'elle fut achevée, ils la décorèrent et la meublèrent selon leurs goûts communs. Ils en avaient si souvent et si longuement parlé que cela ne fit jamais entre eux le moindre problème. M. Wasserman eut son lit Louis XV et sa cuisine en Formica, madame eut son salon en velours gaufré vert avec des fauteuils à pieds dorés.

Ils placèrent les moindres rideaux, les moindres tableaux et déposèrent sur les rayonnages de la vitrine du salon chacune de leurs bricoles avant de venir s'installer. Le grand jour arriva, M. Wasserman voulut le marquer d'une certaine solennité. Lui, qui d'ordinaire ne disait jamais rien, se paya sur le seuil le luxe d'une belle phrase. Affirmer qu'il avait mis vingt-sept ans à la composer serait injuste, mais il y avait longtemps pensé.

– Voici, avait-il donc dit à sa femme, notre demeure pour l'éternité.

Ils avaient franchi le seuil et elle l'avait serré dans ses bras en lui disant merci.

Épuisé par les privations et par la fatigue des vieux pionniers qui atteignent enfin leur but, M. Wasserman mourut. On installa son corps dans la chambre neuve et, trois jours plus tard, on l'enterra.

Mme Wasserman pleura et garda comme image la plus vive de ce qu'avait été son mari cette scène d'arrivée dans leur maison neuve, et de cette expression « demeure pour l'éternité » elle fit sa devise.

Au début, elle eut quelque peine à s'habituer à l'espace.

Elle commença par condamner la chambre qui lui rappelait trop de mauvais souvenirs et qu'elle voulait conserver intacte, comme au jour de la mort de son époux. Elle s'installa dans le salon pour manger, car c'était le coin idéal pour regarder la télévision.

Elle vivait dans ce salon avec une extrême prudence, plaçant partout des plastiques pour ne pas tacher, des tissus pour ne pas ternir le velours, des patins de feutrine pour ne pas rayer le sol vitrifié.

Elle commençait à se sentir à peu près bien, lorsque, le lendemain d'un soir où elle avait mangé des croquettes de poisson surgelé, en revenant de faire ses courses, elle fut forcée de constater que la pièce tout entière était imprégnée de l'odeur de poisson et que les tentures de velours, notamment, gardaient cette odeur de façon persistante.

L'éternité n'ayant pas goût de poisson, elle ferma le salon.

La cuisine était extrêmement malcommode.

Entendons-nous bien, c'était une cuisine modèle et moderne, mais elle n'avait pas été étudiée pour servir également de salle de bains et de chambre à coucher.

C'était chaque soir des contorsions à n'en plus finir pour repousser la table, poser dessus les chaises et déplier le lit de camp. En outre, la télé n'entrait pas dans cette pièce et le fenestron donnait sur un jardinet à l'abandon entouré d'un mur borgne.

Il restait à Mme Wasserman bien peu de plaisir.

Elle se replia donc, un beau matin, sur le garage.

C'était une vaste pièce bétonnée, à demi enterrée, aux murs bruts et rugueux, au sol froid et au plafond gris, mais qui avait l'énorme privilège de posséder une fenêtre donnant directement sur la grand-place et dont la largeur était exactement celle des coudes de Mme Wasserman.

C'est là qu'elle s'installa.

Elle s'offrit un camping-gaz, descendit le lit pliant, ouvrit les chaises et la table de jardin, et apprit à se trouver bien. Elle reprit instinctivement ses anciennes habitudes de la ville, la seule différence étant que les charges domestiques étaient beaucoup plus lourdes, car elle ne manquait jamais, chaque matin, de monter à l'étage faire à fond le ménage de sa « demeure pour l'éternité ».

Crépuscule

C'est l'heure où le silence tombe sur le village. Il est trop tard pour coudre assise devant la fenêtre, trop tôt encore pour dîner, et on vit dans un pays où l'habitude d'allumer d'aussi bonne heure les lumières n'a pas encore été prise ; c'est l'heure où elles tournent en rond dans leurs cuisines, guettant la fuite des derniers nuages, cherchant une raison infime de croire que demain sera un jour meilleur et qu'après tout vivre comme elles ont vécu depuis le matin est vivre selon le bonheur.

Les derniers enfants à quitter l'école, les plus traînards, les plus joueurs, ont déserté la place ; le boulanger, qui sait qu'aujourd'hui tout le monde a pris son pain, n'a laissé allumée qu'une sinistre luciole entre boutique et cuisine ; le café lui-même est plongé dans une semi-pénombre, et les hommes qui viennent s'y regrouper, un à un, lentement après le travail, s'asseyent en silence, le dos voûté et le regard fixé dans le vide au-delà de la place grise.

Elles tournent en rond dans leurs cuisines, laissant leurs doigts traîner sur les meubles ; elles ouvrent une porte de placard pour la refermer aussitôt, une boule grossit dans leur gorge, elles ont la sensation que leurs jambes enflent. Elles vont dans la vie à tâtons et ne sont plus très sûres que le sombre du ciel vaut la peine qu'on attende à demain.

Le petit-fils des Martin hurle sans raison, à mi-chemin entre deux tétées ; son cri perce les murs et dit à toutes celles qui l'entendent que les moineaux se sont tus, que les corbeaux et les pies n'appellent plus et n'espèrent plus rien du monde d'aujourd'hui. D'où que souffle le vent, il n'apporte plus la moindre rumeur de tracteur, le moindre crissement de soc contre la pierre. Les nuages plus bas, plus gris, filent encore plus vite.

C'est l'heure où Mélanie ouvre le robinet de sa cuisinière pour entendre siffler le gaz.

Dans la maison de retraite, les vieilles sonnent vainement l'infirmière, qui reste affalée dans son fauteuil près de la fenêtre, un livre ouvert sur les genoux ; les bonnes sœurs font la prière.

Léonne résiste encore un instant à ouvrir sa bouteille de champagne et se dit en serrant les poings qu'il faudrait que le monde change.

Dans les maisons aux petites fenêtres étudiées pour le

soleil, il fait presque nuit noire ; dans le coin du buffet, on ne distingue déjà plus la chaise ; les pots de céramique sur la cheminée se confondent avec les fleurs du papier peint. Si Mélanie met la radio, la chanson qu'on y joue est si triste qu'elle lui gonfle le cœur. Pour tuer le temps, elle essaie, devant son miroir qui lui renvoie une ombre, l'écharpe jamais finie qu'elle se tricote et la serre.

Parce que le ciel est si près du sol et que la nuit tourne autour des montagnes, on en voit bientôt qui sortent de chez elles pour fondre leurs robes de veuves dans l'obscurité des rues et des murs. Le vent du soir leur glace le dos.

Mme Wasserman est au lavoir, penchée au-dessus de la surface lisse où flottent encore quelques bulles immobiles. Elle regarde son reflet jusqu'au vertige, et son corps se penche, aspiré par la paix de l'eau noire.

Loin, vers la rivière, un cheval hennit.

La grosse Claudine arpente les ruelles avec la certitude ancrée dans le bas-ventre que quelque chose se passe et lui échappe. Elle est sûre que la grande Simone est en train de se faire prendre quelque part dans un pré voisin ou debout contre le mur de l'église. Elle sait que c'est l'heure de cet amour-là. Elle sait que d'autres choses se passent encore, mais elle ne sait plus si elle aura la force de tout deviner, de tout comprendre ; elle ne sait plus non plus si elle trouvera demain en elle la vigueur de fustiger et de médire. Pour un peu, elle s'assiérait sur un banc à attendre que le froid la fige ou elle tournerait sur elle-même, de toute sa corpulence de toupie, les bras écartés, jusqu'à ce que sa tête s'oublie.

On éclaire le réverbère de la place, un chien traverse la rue tête basse.

Mme Brun s'enfermerait dans sa buanderie, bouclerait le verrou à double tour et jetterait par le fenestron sa clef qui irait se perdre dans la mare.

La cuisinière de Mélanie siffle plus fort. Elle serre un peu plus l'écharpe...

Et puis, soudain, tout rentre dans l'ordre et la paix : le village se remplit de murmures, les fenêtres s'allument, les télévisions bavardent, la vie partout revient ; par la fenêtre du garage, on voit la veuve Wasserman faire ronfler son camping-gaz. Claudine se hâte de rentrer, Mélanie chantonne, Léonne se verse une coupe de champagne.

Elles ont faim.

Cache-tampon

Le plus beau jour de la courte vie de Maline fut incontestablement celui où la dame de la Grande Maison la choisit. Cela s'était passé à son insu, pendant la récréation du matin. Tous les élèves jouaient dans la cour et Mlle Thérèse faisait les cent pas sous le préau. Les grands avaient décidé comme d'habitude de faire une partie de cache-tampon, et pour la première fois ils avaient demandé à Maline, qui n'était plus tout à fait petite mais qui n'était pas non plus tout à fait grande, de se joindre à eux.

Rose de plaisir, Maline avait décidé de s'appliquer.

Le jeu consistait à cacher un bouchon de champagne dans la cour (tous les coins et recoins étaient autorisés), pendant que ceux qui devraient le chercher restaient yeux fermés face au mur. Le cacheur se plaçait ensuite au milieu de la cour et les chercheurs s'égayaient. A chaque tentative qu'ils faisaient de s'approcher de ce qu'ils croyaient être une cachette, le cacheur devait leur dire « tu gèles », « tu es froid », « tu es tiède », « tu es chaud » ou « tu brûles », selon qu'ils étaient plus ou moins proches de la vraie cachette. Celui des chercheurs qui trouvait le bouchon devenait à son tour cacheur et ainsi de suite jusqu'à ce que Mlle Thérèse tape dans ses mains et que l'on retourne faire des opérations.

Ce jour-là, en signe de bienvenue, et, pensant en avoir bientôt fini avec elle, les grands confièrent le premier bouchon à Maline. Elle le cacha si bien que, vingt minutes plus tard, lorsque Mlle Thérèse tapa dans ses mains, il n'y avait pas eu d'autre cacheur ; plus encore, ce fut Maline qui dut aller elle-même déloger le bouchon de sa cache. Elle avait pourtant joué le jeu et donné des indications justes à ses partenaires, mais elle avait eu le don de trouver dans cette cour qu'ils connaissaient tous par cœur un recoin insolite, une cachette presque trop évidente, près de laquelle tous s'étaient brûlés, mais où personne n'avait pensé à glisser la main.

Maline fut ravie d'avoir ainsi réussi son entrée.

Le lendemain matin, Robert vint annoncer à Maline que la dame de la Grande Maison voulait la voir. La grande Simone, sa voisine, qui faisait le ménage chez la dame, l'avait chargé de la commission. Maline le questionna, mais il haussa les épaules et déclara qu'il n'en savait pas plus.

Pendant toute la journée, Maline ne fut pas très attentive, elle se fit même rappeler deux fois à l'ordre pour distraction.

La Grande Maison dominait tout le village, c'était une forte bâtisse de pierres au toit à quatre pentes, un peu trop haute, un peu trop majestueuse dans la modestie générale du décor.

De tous les coins du village, on découvrait son crépi gris légèrement fendillé, ses hautes fenêtres sombres, le lierre négligé qui envahissait les balcons et l'ombre des deux immenses wellingtonias qui la plongeait dans un crépuscule quasi permanent. Le parc qui l'entourait était vaste, isolant encore plus la demeure, la mettant en évidence sur son revers de colline, plus haute que le clocher, plus reculée que les fermes de la hauteur, plus noire au milieu du quadrillage jaune et vert des champs et des pâtures.

La dame de la Grande Maison était plus mystérieuse encore que sa maison. On la savait veuve, on la disait très vieille.

Les enfants du village la connaissaient mal, car, depuis bientôt dix ans, elle ne sortait plus guère de chez elle.

La grande Simone nettoyait le rez-de-chaussée de sa demeure, le restaurateur de la place lui faisait monter ses repas par la petite bonne, et le docteur grimpait deux fois par semaine soigner ses rhumatismes et soulager ses douleurs.

On savait aussi que de temps en temps elle faisait appeler un enfant du pays, qu'elle lui donnait des pièces brillantes et des billets craquants pour aller lui acheter quelques bricoles au village ; mais ces enfants avaient pour consigne de ne rien dévoiler de ce qu'ils avaient vu ou fait, et aucun d'entre eux n'avait trahi.

Maline savait par sa mère que la dame de la Grande Maison était longtemps descendue à la messe, les dimanches, puis que peu à peu elle n'était plus descendue que pour les fêtes carillonnées. Elle s'appuyait sur une canne et son pas était devenu de plus en plus lourd et de plus en plus court. C'est à peine si, au sortir de l'office, il lui restait assez de forces pour passer à la pâtisserie avant de remonter.

La pluie cessa de tomber au moment précis où Mlle Thérèse frappa dans ses mains pour donner le signal de sortie.

Maline s'échappa la première et ne s'attarda point pour bavarder. Elle quitta sa blouse, la bourra dans son cartable, qu'elle déposa au bureau de tabac pour être légère, et monta vers la Grande Maison.

L'orage avait été violent et les ruisseaux, de part et d'autre de la route, charriaient encore de l'eau, du sable et des brindilles. Les ménagères ressortaient le linge qu'elles avaient retiré en toute hâte et le suspendaient aux fils des étendages, auxquels s'accrochaient encore quelques gouttes.

Maline évita soigneusement les flaques pour ne pas salir ses chaussures. Elle ne courut pas pour ne pas être essoufflée.

Elle savait qu'il ne servirait à rien de tirer la sonnette du porche ; aussi, lorsqu'elle arriva, elle emprunta directement la petite porte qui s'ouvrait dans le mur tout près du grand portail et entra dans le jardin.

La pluie avait battu et rebattu la terre, traçant des petits ronds irréguliers dans le sable de l'allée. Des odeurs chaudes montaient des buissons, odeurs d'humus, de terre humide, de fleurs qui semblaient stagner dans l'air sous le couvert des grands arbres.

Maline dépassa les deux troncs des wellingtonias, si larges qu'il aurait fallu une ronde pour en faire le tour, et s'enfonça dans l'obscurité des haies mal taillées et des herbes follettes.

Effrayée par autant d'ombres et autant de bruissements mystérieux, elle hâta le pas, serrant contre elle le devant de sa jupe. Son cœur battait si fort qu'elle courait de plus en plus vite, comme pour le rattraper.

Sous les branches basses, elle découvrit le mur de la maison, tapissé d'un lierre presque noir ; elle franchit en trois bonds les derniers mètres et escalada les marches du perron.

Figée devant la porte, elle reprit un instant son souffle. Le petit toit de verre, au-dessus de la porte d'entrée, la protégeait des gouttes que le vent faisait pleuvoir des arbres.

La maison était silencieuse. Maline tendit l'oreille et ne perçut pas le moindre bruit, pas le moindre frôlement.

Elle se retourna et aperçut derrière elle, à l'extrémité de l'allée obscure, la tache claire de la rue.

Une seconde, elle fut tentée de faire demi-tour. Elle avait froid.

Un oiseau s'envola en criant et elle se décida à tirer la sonnette.

Il y eut un long silence, puis elle entendit une voix qui résonnait dans les couloirs et lui donnait l'ordre d'entrer.

A deux mains, elle fit tourner le gros bouton de la porte et poussa le battant.

Elle se trouva dans un hall désert, froid de marbre et de nudité, d'où partait un escalier vers les étages.

La voix retentit à nouveau pour la guider le long des corridors. Maline serrait toujours sur ses cuisses le bas de sa robe pour qu'il n'aille pas accrocher le porte-parapluies bourré de cannes, puis la console poussiéreuse, puis une petite armoire.

– Là, viens, c'est à gauche, fit la voix, plus présente.

Maline franchit une haute porte vitrée à deux battants et se trouva dans une vaste cuisine.

La dame était assise dans un fauteuil, près d'une table recouverte d'une antique toile cirée. Devant elle, un livre de mots croisés était ouvert et elle tenait encore à la main un crayon à papier recouvert sur sa partie haute d'un capuchon d'argent. Au sommet du capuchon, Maline remarqua un petit anneau dans lequel était passée une chaînette lâche qui faisait le tour du cou de la dame.

Ce qui frappa d'abord la petite fille, ce furent ses mains. Les articulations étaient déformées par l'arthrose, énormes, et les doigts pourtant fins semblaient définitivement déviés et collés les uns aux autres. Ensuite, Maline constata, malgré la pénombre et malgré ses vêtements noirs, que la dame était très grosse. Elle avait une poitrine imposante qui semblait s'affaisser sur ses cuisses. L'âge avait amolli ses joues, qui pendaient en fanons sur son cou. Elle avait cependant une manière de se tenir assise et une façon de porter sa tête et de poser son regard qui ne trompaient pas. Cette dame-là n'avait rien en commun avec les mémés du village et, même si elle était incapable de dire clairement pourquoi, Maline le sentait bien.

La dame désigna le tabouret qui se trouvait au bout de la table et invita Maline à s'y asseoir, puis elle commença à parler. Sa voix remplissait la cuisine et semblait même s'enfuir par la porte entrebâillée pour aller chercher quelques lointains échos dans les pièces désertes de la maison.

– Je suis bien vieille, dit-elle, bien malade aussi et, ce qui est pire encore, bien fatiguée. Je n'ai plus beaucoup à attendre de la vie. Le docteur me reproche sans cesse de trop me reposer et de ne pas assez prendre d'exercice. Quelle volupté y a-t-il à marcher et escalader les escaliers avec une canne ?... Mes plaisirs sont rares : les mots croisés, les gourmandises, en cachette du docteur, bien entendu...

Maline n'avait pas l'habitude qu'on lui fasse des confidences, elle baissait les yeux et tripotait nerveusement le dictionnaire usé et jauni à force d'avoir été feuilleté qui se trouvait sur la table.

La dame sourit et tendit la main pour lui tapoter la joue. Maline fut étonnée de la douceur de la caresse, comme si cette main difforme n'avait pu que griffer. Elle sourit timidement.

– Viens, dit la dame, n'aie pas peur. Aide-moi un peu, veux-tu ?

Maline lui tendit la main et la prit sous le bras pour l'aider à se lever. La dame poussa un gros soupir et se dressa sur ses jambes. Elle saisit la canne, qui était accrochée au dossier de son fauteuil, et partit à petits pas. Sa démarche était hésitante, presque pénible à regarder. Elle avançait en gardant les pieds bien à plat, et chaque pas semblait lui être une peine. Le caoutchouc des semelles de ses pantoufles couinait sur le carrelage.

– Viens, je vais te faire voir pourquoi tu es là.

Les deux femmes traversèrent la cuisine et, sans y penser, Maline glissa son bras sous celui de la dame.

Elles sortirent sur la terrasse. Dehors, Maline se sentit

aussitôt mieux, l'air était plus chaud et le vent avait déjà dispersé les nuages de l'orage.

La dame la conduisit jusqu'à une longue-vue, du genre de celles qu'utilisaient les marins, posées sur un trépied, qui plongeait droit sur le village par une brèche de lumière entre les deux grands arbres.

– Regarde.

Maline se haussa sur la pointe des pieds et regarda dans l'œilleton.

– C'est l'école ! s'exclama-t-elle.

– Oui, c'est la cour, comme si nous nous y trouvions. Je t'ai vue, l'autre jour, jouer à cache-tampon pendant la récréation, et tu m'as paru être de très loin la plus forte.

– Vous savez...

– Ne proteste pas : cela sautait aux yeux.

Maline rosit de plaisir.

La dame lui posa la main sur l'épaule et, en rentrant à pas minuscules dans la cuisine, elle lui expliqua ce qu'elle attendait d'elle.

Maline l'écouta gravement en hochant la tête de temps à autre pour montrer qu'elle comprenait bien.

Depuis ce jour, Maline montait deux fois par semaine rendre visite à la dame de la Grande Maison.

Toutes deux avaient pris leurs habitudes.

Maline arrivait, une boîte de carton à la main, sonnait deux fois et entrait sans frapper. Elle se dirigeait vers la cuisine et saluait la dame, qui lui caressait la joue en retour.

Maline posait son paquet sur la table, ouvrait la boîte à cigares qui se trouvait à côté et y posait de la monnaie.

– Tu n'as pas oublié ta paie ?

– Non, madame.

– C'est bien... Alors, combien y en avait-il la dernière fois ?

– Six.

– Parfait, parfait...

La dame rayonnait.

– Vous les avez tous trouvés ?

– Tous !

Maline posait sur ses joues deux baisers respectueux.

– Vous êtes vraiment très forte, parce que je m'étais appliquée.

– J'espère bien !

Maline reprenait ensuite le paquet et la dame sortait sur la terrasse pour ne rien voir et ne rien entendre. Cela faisait partie de la règle du jeu.

Maline montait ensuite dans les étages.

Chaque fois qu'elle grimpait les escaliers, elle se rappelait ses terreurs lorsque, pour la première fois, elle avait dû traverser ces pièces obscures envahies par les meubles inutiles, ces corridors, ces antichambres livrés à la poussière et à l'oubli. Elle avait crié en découvrant les fantômes de fauteuils dans le grand salon du premier, elle avait reculé en entendant battre une fenêtre que le vent tenait ouverte. Dans une haute cage d'osier vide, elle avait entendu prononcer son nom par un perroquet.

Ses tennis soulevaient des nuages de fine poussière...

Maintenant, la poussière avait été piétinée et piétinée, partout on voyait des traces de pas. Maline s'était peu à peu habituée à cette grande maison que la moindre brise faisait craquer de toutes parts.

Elle n'avait plus peur. Même le tigre couché à plat ventre dans le salon ne lui arrachait plus un frisson. Il faut dire qu'à force de jouer elle avait appris à connaître chaque rayonnage, chaque placard et chaque recoin par cœur.

Souvent, elle s'était arrêtée au premier étage, avait fait demi-tour et était allée vérifier si la dame restait bien sur la terrasse, si elle n'était pas rentrée dans sa cuisine pour essayer de deviner à l'oreille où elle les cacherait... Jamais la dame n'avait enfreint la règle de leur jeu.

Maline montait directement au grenier et c'est là qu'elle cachait les éclairs et les religieuses au chocolat que la dame préférait.

Elle cherchait les cachettes les plus invraisemblables, les plus inattendues : elle ouvrait des cartons à chapeaux et posait au fond, sous le papier mou, le gâteau dans son petit emballage individuel ; elle essayait d'entrouvrir les malles sans faire voler la poussière déposée sur le couvercle ; elle avait même glissé un éclair dans un ours en peluche éventré...

Lorsqu'elle en avait fini avec le grenier, elle redescendait et cachait les tartelettes, les brioches, les chaussons, les amandines, les mokas.

Par gentillesse, et par souci d' « amorcer » sa chercheuse, elle en laissait certains bien en évidence, mais, dans l'ensemble, elle jouait le jeu, elle aussi. Après tout, c'était le docteur qui avait dit qu'il fallait de l'exercice.

Puis elle redescendait.

Elle allait taper à la porte de la terrasse et la dame rentrait.

– Ça y est ?

– Ça y est.

Les yeux de la dame s'allumaient.

Maline savait alors qu'elle ne devait pas rester plus longtemps.

Elle jetait son carton dans la poubelle et s'esquivait.

– A mardi.

– C'est ça, à mardi. Tu as de l'argent ?

– J'en ai pris.

– Va vite.

Une caresse furtive sur la joue et Maline disparaissait. Une fois la porte d'entrée refermée derrière elle, elle restait un moment sur la dernière marche du perron, aux aguets. Quelques secondes plus tard, elle entendait le bruit caractéristique de la canne et le glissement des pantoufles ; puis elle entendait craquer le bois de la première marche.

La dame commençait son calvaire vers le premier étage.

Le tutu

Josette Baconnier n'avait jamais eu l'âge de danser. Elle était née dans une famille rustique de tempéraments et de goûts où on lui avait promis chaque jour qu'elle danserait le lendemain. Lorsque le lendemain arriva et qu'elle put aller à son premier bal, elle y rencontra l'homme de sa vie, qui l'épousa après avoir fait avec elle un unique tango. Elle en réclama d'autres, mais son époux, qui était le meilleur homme du monde, répondit à toutes ses demandes par un laconique : « Ce n'est plus de notre âge. »

Josette s'habitua donc à l'idée qu'elle était trop vieille pour danser... ce qui ne fit pas pour autant disparaître son envie.

Elle pensa que la maternité la guérirait définitivement et il est vrai que, pendant les derniers mois de sa première grossesse, elle ne rêva guère d'entrechats, mais, lorsque son enfant fut né, force lui fut de constater que l'envie était revenue. Après la naissance de son troisième, elle était encore plus forte.

Il lui fallut donc vivre avec.

Elle décida de danser en cachette.

Elle fit le compte des moments de solitude dont elle disposait dans la journée, et les mit à profit. Elle pouvait, en gros, travailler deux demi-heures chaque jour.

Chaque matin, elle descendait avant tout le monde pour confectionner le petit déjeuner dans la cuisine. C'était son meilleur moment. En regardant le lait bouillir, elle faisait sa barre sur le bord de la table. Elle la faisait aussi poussée que son embonpoint le lui permettait et aussi légèrement que possible pour ne pas réveiller la maisonnée. Son seul regret était de devoir la faire en pantoufles ; les chaussons de satin dépassant de sa robe de chambre en nylon matelassée n'auraient pas manqué d'attirer l'attention. Pour atténuer sa déception, elle avait l'habitude de faire semblant, avant de commencer, de nouer autour de ses mollets le ruban rose de ses chaussons imaginaires. C'était le geste magique qui lui permettait d'entrer dans la réalité de son rêve.

Les exercices du matin étaient très rigoureux. Elle s'imposait une série d'assouplissements puis quelques gammes de fouettés et d'entrechats. La fantaisie et l'improvisation n'étaient pas de mise.

Lorsqu'ils dévalaient les escaliers, quelque vingt

minutes plus tard, ses enfants et son mari la trouvaient sagement attablée, le teint vif et l'appétit ouvert.

Elle avait, dans sa journée, un second moment de calme relatif, au retour du travail, en fin d'après-midi, avant que son époux ne rentre et pendant que ses enfants faisaient leurs devoirs au premier. Là, elle donnait libre cours à sa passion, mais ne devait jamais dépasser les limites du tapis qui étouffait le bruit de ses sauts.

Au début, elle ne se sentait pas très sûre de sa technique et il n'était pas question pour elle d'acheter des livres qui auraient trahi son secret. Elle se débrouilla donc tant bien que mal jusqu'au jour béni où son unique fille, Micheline, eut six ans.

Sous prétexte qu'une jeune fille doit savoir danser et qu'elle ne doit pas apprendre n'importe où, elle descendit en ville et visita tous les cours de danse qu'elle put y trouver. Elle n'était pas sectaire : elle aimait la danse en général et se rendit aussi bien dans les salles de danse classique que dans celles de danse moderne, typique ou jazz.

Ce fut féerique.

L'enquête dura deux samedis, qui furent, pour Josette Baconnier, des jours inoubliables. Avec sa fille terrorisée, serrée dans ses jupes, elle vit défiler des cohortes de petits rats en tutu court, des vagues de danseuses, fines comme des lianes, en justaucorps de couleur. Dans la pénombre rouge d'un cours de tango, elle vit onduler des robes à volants, se cambrer des reins de toréador, luire des yeux de braise.

Partout elle entendit la musique tonitruante, cette musique essentielle dont elle était privée. Car il était, bien entendu, hors de question pour elle de mettre un disque pendant ses séances de travail, hors de question même de fredonner un air ou de compter à haute voix les temps.

Elle profita de son enquête pour enregistrer le plus d'images possible, pour emmagasiner une provision de mouvements inédits qu'elle répétait ensuite devant son fourneau.

Elle choisit, pour sa fille, un cours de danse classique et l'accompagna à sa première leçon. Elle dut très vite se rendre à l'évidence : Micheline était pataude et rien ne pouvait laisser prévoir en elle une future étoile de l'Opéra de Paris.

La petite fille, d'ailleurs, n'aimait que très médiocrement l'exercice, s'ennuyait à mourir et ne comprenait pas l'intérêt que l'on pouvait avoir à se tirer ainsi sur les muscles des cuisses.

Mais c'était une petite fille sage et elle s'appliqua.

Josette apprit beaucoup.

Elle regardait tant et tant et participait avec une telle ardeur intérieure qu'elle finissait les leçons plus brisée que sa fille.

Elle devint vite experte en ballet classique. Pendant

que Micheline se douchait et se recoiffait, elle assistait au cours des grandes qui préparaient les galas de fin d'année.

La télévision était aussi, pour Josette, une source d'informations précieuses. Elle devait cependant en user avec plus de précautions. Chaque fois que des danseuses passaient à la télé, son mari disait :

– Regarde-les gesticuler, ces imbéciles !

Petite phrase que ses fils répétaient, bien entendu, pour faire comme papa.

Elle se tenait donc, en règle générale, debout derrière le canapé sur lequel ils étaient tous vautrés pour qu'ils ne puissent pas voir ses yeux briller et ne perdait pas une miette du spectacle. Elle découvrit ainsi Béjart, Carolyn Carlson, les étoiles du Bolchoï, Jorge Don, Maïa Plissetskaïa, et les Clodettes...

Un soir, une danseuse exécuta un mouvement si parfait et si curieux qu'elle ne put résister à la tentation de l'essayer sur-le-champ. Elle s'élança, le plus discrètement du monde, et s'écroula de tout son poids derrière le canapé. Elle avait mal calculé son élan.

Heureusement pour elle, la famille crut à un malaise, on l'étendit sur le sofa, on lui fit des compresses d'eau fraîche sur le front. Malheureusement pour elle, on éteignit aussi la télévision.

Sa fille eut quinze ans. Sa taille s'affina, ses jambes s'allongèrent et elle trouva place parmi les « grandes ». Elle prépara à son tour un gala.

Josette s'y épuisa. Elle répétait mentalement chaque enchaînement du matin au soir, elle s'angoissait à l'idée du public, elle avait peur que les petites camarades ne soient pas à la hauteur... A quatre mois de l'événement, elle décida de ne pas perdre une seconde et de confectionner elle-même le tutu romantique. Elle y travailla d'arrache-pied. Et, comme sa fille n'était pas là, se l'essaya sur elle-même.

Ce gala allait peut-être convertir son mari. Peut-être qu'en voyant sa fille danser il se laisserait aller et reviendrait sur ses positions, peut-être aurait-elle bientôt une maison pleine de musique dans laquelle chacun pourrait danser à sa guise...

Lorsque Micheline arriva au car du samedi, Josette se précipita sur elle, l'entraîna dans sa chambre et, rayonnante, lui offrit le tutu.

La jeune fille ne montra aucun enthousiasme.

La déception de Josette fut terrible.

Mais elle encaissa aussitôt un coup bien plus terrible encore : Micheline lui annonça calmement sa décision irrévocable de ne pas participer au gala et de ne plus faire de danse.

Ce fut un rude choc.

Josette enveloppa soigneusement le tutu dans un papier mou, le rangea dans l'armoire à glace et n'en parla plus jamais. Pendant tout le week-end, elle serra dans sa poche un mouchoir roulé en boule et renifla beaucoup.

Elle ne lui en voulait pas vraiment, mais elle trouvait dommage d'être allée si loin et d'abandonner à quelques semaines du gala...

Il lui fallut longtemps pour surmonter sa déception.

Elle n'avait plus aucune raison d'assister aux cours et elle se mit à danser sans passion sur ses souvenirs.

Josette ne reprit vraiment courage que le jour où son plus jeune garçon partit lui aussi pour la ville. Là, elle put s'offrir le luxe de déplacer le canapé et de mettre de la musique. Elle eut la sensation de faire de sérieux progrès.

Josette était en visite chez une amie lorsque son mari mourut d'un petit pas malheureux sur un échafaudage. On vint la chercher et elle courut en toute hâte au chantier sans même enfiler son imperméable.

Elle eut une peine effroyable.

Elle n'aurait pas cru que ce fût ça, la mort. Elle serait bien restée en tête à tête avec son époux quelques heures, mais elle n'eut pas une seconde à elle. Il fallut régler les détails de l'enterrement, faire signer les papiers au docteur, laver le corps, l'habiller, ranger la maison, s'occuper des fleurs, arranger la chapelle ardente, faire prévenir la famille et surtout subir les condoléances de toutes et de tous, s'arrêter mille fois pour s'entendre dire que c'était un malheur, que les meilleurs partaient les premiers... Elle s'épongeait les yeux, reniflait un bon coup et partait à ses obligations.

Toute la journée, une idée la poursuivit : elle s'en voulait de n'avoir pas été plus parfaite avec son époux. Elle s'en voulait surtout de ne pas lui avoir tout dit et d'avoir tenu secrète toute une partie si importante d'elle-même. Cent fois elle avait eu l'intention de tout lui avouer, et cent fois elle avait remis à plus tard. Elle sentait déjà s'installer en elle un nœud de remords dans lequel il lui faudrait désormais vivre.

La journée tourbillonna.

Micheline et les garçons n'arriveraient que le lendemain.

Il y eut tant et tant à faire que Josette ne put respirer qu'après minuit.

Le village était endormi. Dans la maison silencieuse et noire, la chapelle ardente mettait sa tache de lumière orangée.

Josette resta longtemps sur le seuil de la chambre, pour la première fois, seule. De grosses larmes silencieuses coulaient sur ses joues. Elle ne sentait plus la fatigue, tant elle était fatiguée, et les remords, dans la pénombre, remontaient pour la torturer.

Après un long moment passé à regarder le cadavre, elle se dirigea sur la pointe de ses pantoufles vers l'armoire. Devant la glace, elle se déshabilla, ne gardant que son slip et son tricot de corps. Elle ouvrit la porte et sortit du papier le précieux tutu.

Elle le serra autour de sa taille, tira en arrière ses cheveux qu'elle retint par un peigne, et offrit à son époux mort son premier gala.

Elle lui montra tout ce qu'elle avait appris, tout ce qu'elle savait, elle dansa mieux que dans un rêve, mieux qu'avec un disque... Son tutu, en tournoyant, faisait valser la flamme des cierges, étirant son ombre sur les murs.

Elle garda les yeux fermés, la tête courbée, les bras arrondis. Les fouettés effacèrent sa fatigue, les pointes repoussèrent ses terreurs.

Elle avait dans la tête toute la vie et toute la musique possibles, tous les violons de Vienne, tous les orchestres de tous les opéras, et remplissait la pièce silencieuse du craquement terrible de ses genoux.

Le sondage

Comme tout le monde, Mme Bouvier ne croyait pas aux sondages. Elle n'y croyait pas, puisqu'elle n'avait jamais été sondée... Au lendemain du jour de son soixante-douzième anniversaire, elle dut pourtant réviser son jugement.

Elle fut sondée.

On ne lui demanda pas pour qui elle voulait voter ; si on le lui avait demandé, d'ailleurs, elle n'aurait pas su quoi répondre, peut-être aurait-elle dit, pour gagner du temps : « Si mon mari était vivant, lui... » Non, la jeune fille lui posa des questions sur l'enfance. C'était l'année de l'enfance, et on devait sonder les vieux, ce qui était la moindre des choses.

Elle lui posa des questions sur ses souvenirs, sur son école, sur ses enfants : des choses précises, des dates, des détails ; et elle finit par la question la plus difficile — la plus difficile, en tout cas, pour quelqu'un qui était piqué debout au milieu de la place, qui se dandinait d'un pied sur l'autre depuis une demi-heure, et dont l'anse du cabas sciait la main.

Elle lui demanda :

– Qu'est-ce que c'est pour vous l'enfance ?

Mme Bouvier lui répondit :

– L'enfance, c'est de pouvoir être danseuse ou charcutière.

La jeune fille nota, remercia et partit.

Longtemps après, quand Mme Bouvier y repensait – et elle y repensait souvent –, elle se demandait pourquoi elle avait dit « danseuse ».

La puce

Cela fit grand bruit dans le village lorsque la grosse Claudine Ferrachat vint à se casser le bras. Il faut dire que l'affaire fut publique, puisqu'elle survint au lavoir, en plein centre du pays.

Dans son malheur, la grosse Claudine eut quand même un coup de chance : lorsqu'elle bascula tête première dans l'eau savonneuse, sa masse fit un tel plouf qu'une grande partie de l'eau déborda et vint inonder la rue ; le niveau baissa si considérablement qu'elle fut sans nul doute sauvée de la noyade.

Mme Wasserman, qui lavait près d'elle pour ne pas user sa machine, appela au secours de tous ses poumons. Des hommes arrivèrent, qui descendirent dans l'eau sans se soucier du bas de leurs pantalons. Le plus costaud maintint la tête de Claudine hors de l'eau pendant que les autres allaient chercher des cordes. Cette tête-là n'était pas très belle à regarder, toute blanche avec le nez pincé et le bord des yeux noirs ; mais à voir s'agiter l'eau autour du ventre de Claudine, on pouvait affirmer qu'elle reprenait souffle.

Ce sont les bœufs de Matthieu qui la tirèrent de son mauvais pas, deux bêtes paisibles, capables de déplacer des montagnes.

Elle reprit pied sur le bord du lavoir. Elle dégoulinait. On se précipita sur elle. Elle récupérait doucement couleur et énergie, mais son bras gauche avait une bien drôle de forme. Sa main était toute retournée dans une position impossible, comme si le devant du bras avait été sens dessus dessous.

– Je parierais qu'il est cassé, ce bras, dit Matthieu.

Le maire fila chercher son antique Juva ; on enveloppa Claudine dans des couvertures, et on la fourra à l'arrière.

Claudine n'aimait pas l'idée d'aller chez le docteur. Elle se méfia et elle avait peur.

A chaque virage, le maire se retournait pour lui demander :

– Ça va, Claudine ?

Et ça n'allait pas.

Elle avait froid d'abord, elle avait mal ensuite, et rien que de regarder son bras elle se retournait le cœur. La vie devenait d'un coup trop compliquée : elle était partie pour son lavage et se retrouvait dans les soucis...

La maison du docteur Desfleurs était à l'entrée du bourg. Le maire rentra la Juva à reculons dans le jardin, et le docteur vint l'aider à transporter Claudine dans le cabinet, qui sentait l'éther et la maladie. Elle passa devant tout le monde, à cause de l'urgence, et resta une bonne heure.

Le maire manœuvra la voiture et attendit.

Lorsque Claudine sortit, elle n'avait pas meilleure mine. Le docteur Desfleurs n'avait pas réussi à la guérir complètement.

– Voilà, dit-il. Remontez-la chez elle pour qu'elle se couche un peu. Un mois et demi de plâtre et tout ira bien. Et n'oubliez pas de venir me voir si quelque chose ne tourne pas rond. Prenez bien les remèdes...

La grosse Claudine se réinstalla dans la voiture, tenant son bras plâtré soigneusement caché sous une écharpe que lui avait prêtée le docteur.

Pendant le voyage, le maire, qui n'avait jamais vu de plâtre, essaya de se le faire montrer, mais n'obtint rien. Claudine, sous le choc, resta immobile et muette.

Arrivée au village, elle s'engouffra dans sa cuisine et se barricada à double verrou.

Pendant huit jours, personne ne la vit.

Sur la place, on se faisait du souci ou on faisait semblant de s'en faire. De petits attroupements se formaient devant chez elle ; les voisins l'interpellaient l'un après l'autre, elle ne répondait pas et ne se montrait pas à la fenêtre.

Après de longues discussions au café, aux champs, à la charcuterie, dans les fermes, on se rendit vite compte que personne au village n'avait vraiment vu de plâtre et que l'occasion était trop belle pour bêtement la rater.

Pendant huit jours, la grosse Claudine se débrouilla seule. Elle avait des provisions et de quoi s'occuper. Ce qui lui manquait le plus, c'était de bavarder.

Le quatrième jour, elle parla pour la première fois au plâtre. Au début, elle n'osait pas, et puis, très vite, elle lui raconta tout en détail et sans manières. Il écoutait bien et, en échange, elle le soignait bien pour pouvoir le rendre aussi propre que possible au docteur. Claudine ne parvint en fin de compte à tenir que huit jours, car elle ne pouvait ni se déshabiller ni s'habiller seule. Elle ne pouvait pas dormir et vivre plus longtemps avec la robe qui était tombée dans l'eau, qui était descendue chez le docteur et qui avait fini par sécher sur elle, fripée, souillée.

Elle fit appeler Mme Wasserman comme étant une amie de confiance.

La veuve se glissa à l'intérieur de la maison par la porte à peine entrebâillée de la cuisine, et elle vit le plâtre.

Elle s'extasia sur la fine chaussette de laine que le

docteur avait eu la gentillesse de mettre à l'intérieur, et Claudine lui laissa même glisser un doigt entre plâtre et peau. C'était tout chaud.

– Faudrait pas que vous attrapiez une puce là-dedans ! dit-elle en riant.

Claudine rit un bon coup, elle aussi. Elle n'avait plus mal du tout. Juste de temps en temps des fourmis au bout des doigts. Il fut décidé que Mme Wasserman viendrait tous les soirs et tous les matins.

Après le souper, la première réunion eut lieu dans le garage de la veuve. Elle raconta vingt fois le plâtre en donnant tous les détails. Elle ne se savait ni aussi habile à raconter ni aussi capable de captiver le monde.

Au même moment, Claudine se tournait et se retournait dans son lit sans pouvoir fermer l'œil : la petite phrase lancée au hasard par Mme Wasserman faisait son chemin. A deux heures du matin, n'y tenant plus, Claudine se dressa sur son lit, alluma la lumière, convaincue que la puce était là.

Son bras gauche la démangeait atrocement.

Elle enfonça son index boudiné sous le plâtre, mais la puce sournoise s'était installée beaucoup plus bas, vers le coude.

Elle alla chercher une vieille aiguille à tricoter, farfouilla et gratouilla partout, mais la puce avait la vie dure. A peine croyait-elle la saisir qu'elle se sentait piquée ailleurs... Il n'y en avait plus une mais cinq, dix, douze !

A six heures du matin, Claudine s'effondra, rompue, la tête au pied du lit, et dormit sur la courtepointe.

Les visites de Mme Wasserman et la lumière du jour rassurèrent un peu Claudine ; la puce, elle aussi, se calma et la grosse vieille fille put constater que le haut de son plâtre était ébréché. La journée et la sieste furent calmes.

Lorsque la nuit revint, pourtant, les angoisses de Claudine redoublèrent. Elle boucha le plâtre avec des chiffons, en haut et autour des doigts, mais les démangeaisons reprirent malgré tout. C'était comme si elle avait eu une colonie de fourmis rouges sur le bras. Elle passa la nuit à hurler, à tenter d'écraser la puce avec un écouvillon et ne s'endormit pas.

Le lendemain matin, elle donna à Mme Wasserman une liste de courses à lui faire, et la veuve revint avec les bras chargés d'un énorme carton d'insecticides.

Claudine la remercia évasivement et la poussa au-dehors. Elle aligna tous ses achats sur la table : cette fois, elle la tenait, sa guérison !

Elle mit de la poudre dans son plâtre, y vaporisa du Fly-tox et, pour faire bonne mesure, râpa une plaquette jaune avec sa râpe à fromage et enfonça les débris jusqu'au coude à l'aide de l'écouvillon.

Soulagée, elle s'endormit comme un nouveau-né,

le cœur léger, l'âme tranquille et les poings fermés.

Lorsqu'elle se réveilla cinq heures plus tard, elle sentit tout de suite qu'il y avait quelque chose de bizarre : c'était comme une oppression dans le plâtre. Elle se dandina lourdement jusqu'à la cuisine et mit hâtivement une nouvelle dose de poudre. A quatre heures, elle fit une vaporisation.

L'impression du matin semblait se confirmer : le plâtre se resserrait. Elle eut même la sensation que sa main gonflait et virait au bleu.

Elle prit peur.

Elle râpa une nouvelle plaquette jaune. L'écouvillon ne passait plus entre le plâtre et la peau, et même l'aiguille à tricoter avait de la peine.

La main gonflait toujours et bleuissait sans cesse.

Le plâtre avait commencé sa vengeance.

Claudine le regarda sans comprendre. Qu'avait-elle fait pour mériter tant de violence ?

Elle s'assit dans le fauteuil et ne le quitta plus des yeux. Plus la journée avançait, plus il serrait.

La panique l'emporta.

En un instant, sans l'avoir prémédité, elle se trouva sur la place à hurler :

– Au secours ! Au secours ! Il m'étouffe le bras !

Comme par enchantement, tout le village fut là en moins d'une minute.

C'était donc ça le plâtre, cette grosse chose coudée,

blanc-gris, avec une grosse main bleue au bout... Mme Wasserman l'avait bien raconté – à part la main, bien sûr, et en plus propre.

Claudine tournait sur elle-même, de douleur et de peur. Elle se serrait le cou avec la main droite comme pour faire équilibre avec l'étau qui lui broyait le bras gauche.

On la crut perdue.

Le maire sortit la Juva en quatrième vitesse.

Le docteur Desfleurs avait l'air fâché. Il piqua une vraie grosse colère.

Il découpa le plâtre avec une petite scie circulaire sans desserrer les dents.

Claudine remarqua qu'il n'avait pas sa douceur habituelle. Il le jeta sans ménagement dans la poubelle.

Claudine revoyait son bras, enflé, bleui, meurtri ; il était là, bien là, tout à elle, avec des bouts de plaquette encore incrustés dans la peau.

Épuisée, elle se laissa aller en arrière dans le fauteuil, sa mâchoire inférieure tremblait un peu.

Le docteur retrouva sa place derrière son bureau et cria.

– Bien sûr que c'est grave ! Vous savez qu'on est à deux doigts de vous le couper ce bras ! Quelle idée d'avoir été bourrer ce plâtre d'insecticide ! Pourquoi ? Pourquoi ?...

Claudine se grattait distraitement l'avant-bras avec l'ongle, essayant de retrouver ses sensations. Elle leva son regard sur lui, le regarda droit dans les yeux, et lui dit :

– Et si j'avais attrapé une puce ?

Exemplaire unique

La Grande Maison ne s'animait vraiment que huit jours par an, à l'époque de Pâques, lorsque la dame recevait sa dernière arrière-petite-fille.

Madeleine, car elle s'appelait Madeleine, était exceptionnellement sage pour ses neuf ans et demi, et elle débarquait chaque année, bourrée de recommandations et parfaitement disposée à aider, à être sage, à ne pas faire de bruit, à ne pas faire tourner sa grand-mère en bourrique, à ne pas la forcer à courir plus vite que sa canne.

Madeleine aimait la Grande Maison ou, du moins, ce qu'elle en connaissait. Lorsqu'elle était là, la dame prenait Simone à temps complet et exigeait d'être servie à table, dans la grande salle à manger, en tête à tête avec la fillette. Ensuite, les deux femmes se retrouvaient pour bavarder dans les fauteuils du salon rose, et Madeleine avait le droit de passer la tête dans l'entrebâillement de la porte du bureau de son arrière-grand-père pour jeter un coup d'œil à l'intérieur. Il était mort depuis plus de quinze ans déjà, et son bureau restait parfaitement intact, avec ses tapis d'Orient, ses sièges gigantesques en cuir piqué, ses lampes aux abat-jour verts, ses rideaux de velours épais et surtout ses milliers de livres rangés du sol au plafond sur les quatre murs.

Madeleine avait une passion pour les livres, elle essayait elle aussi d'en tapisser sa chambre et en dévorait autant que ses parents pouvaient lui en offrir et que ses amis pouvaient lui en prêter.

Elle profitait de ces huit jours annuels de vacances paisibles pour lire encore un peu plus qu'à l'accoutumée. Son rêve, bien entendu, était de s'installer dans le grand bureau et de dévorer à loisir, mais son arrière-grand-mère ne l'entendait pas de cette oreille. Le bureau était sacré, on y entrait deux ou trois fois l'an pour faire la poussière et, le reste du temps, il restait fermé dans l'état même où il se trouvait lorsque la mort était venue faucher son propriétaire et l'avait laissé tête plongée dans le troisième tome des *Pensées* de Pascal publiées par Léon Brunschvicg ; sa main droite, crispée sur son porte-plume, avait tracé un dernier trait hoquetant sur la dernière fiche.

L'arrière-grand-père avait une devise qu'il répétait volontiers : « Lire, d'accord, mais pas n'importe quoi et dans l'ordre. » Il avait ainsi mis en fiches quantité d'ouvrages les plus divers, généralement littéraires et philosophiques ; et même après qu'il eut pris sa retraite, sa femme ne l'avait jamais vu lire autrement qu'assis, la plume à la main et la fiche au côté.

C'est donc tout naturellement que l'arrière-grand-mère avait repris à son compte les bons principes de son mari.

Un mois avant que Madeleine n'arrive, elle demandait à la librairie de lui mônter le catalogue de la « Bibliothèque rose ». Pendant huit jours, elle cochait des titres, sélectionnait, triait et envoyait Simone acheter une quinzaine de volumes.

Elle les lisait tous, les classait, essayait de mélanger ce qu'elle croyait être le nouveau et ce qu'elle savait être l'ancien, Enid Blyton et la comtesse de Ségur, Georges Chaulet et Andersen, puis faisait une haute pile dans le salon et attendait son arrière-petite-fille de pied ferme.

Madeleine subissait donc un double supplice : le supplice du grand bureau dont elle ne franchissait pas le seuil, et le supplice de la pile. Il fallait, en effet, qu'elle finisse la lecture du premier livre et qu'elle en discute avec son arrière-grand-mère pour avoir droit au second ! Elle en lisait en général un dans la matinée, en parlait à l'heure du café, en lisait un autre, après la sieste, dont elle parlait à l'heure de la tisane, et, en cachette, entamait dans son lit celui du lendemain matin. C'était pour elle une torture. Elle avait envie de fouiller, elle. Elle avait envie d'en entamer un et de le traverser à toute allure en se disant que mille autres attendaient derrière. Elle rêvait de picorer, d'abandonner, de reprendre, de se laisser emporter, de ne plus pouvoir s'arracher à l'histoire. Elle était sûre qu'elle n'en profiterait même pas pour lire la fin. Elle rêvait de ces livres sagement alignés, serrés les uns contre les autres, avec des tout petits blottis entre les grands. Elle voulait les choisir pour la tendresse du grain de leur reliure, pour le charme de leurs titres, pour l'épais mystère de ces centaines de pages sans images, pour le vertige d'une lecture toute de mots, sans étape, sans repos. Et cette odeur qu'elle sentait déjà en passant la tête dans l'encoignure de la porte, diffuse dans tout le bureau, et qui s'épanouissait en bouquet lorsqu'on ouvrait le vieux livre. Et ces pages un peu jaunies sur les bords, lourdes, qui tournaient bien. Et ces histoires : ces merveilles, ce monde peuplé de grands, de soucis de grands, de passions de grands, cet univers que les grands racontent aux grands, ces vrais drames, ces vrais bandits, ces vrais baisers. Elle était sûre d'y trouver tant et tant de réponses aux questions qu'elle se posait sans cesse. Bien sûr, elle en savait déjà beaucoup sur le monde des adultes, mais cela lui paraissait si passionnant qu'elle aurait voulu en savoir plus.

Et son arrière-grand-mère qui lui distribuait la « Bibliothèque rose » au compte-gouttes !

— Sois patiente, lui disait-on sans cesse.

– Tu es trop petite.

– Tu n'y comprendrais rien.

– Tu vas t'ennuyer.

S'ennuyer !

– Ça va te dégoûter de la lecture.

La dégoûter de la lecture ! Les jappements de Dagobert et les colères de Claude, ses deux préférés du Club des cinq, la dégoûteraient plus sûrement ; quoique les colères de Claude ne fussent pas loin de ressembler à des colères d'adulte.

Elle savait pourtant déjà tant de choses ! Elle avait bien deviné que les coups de bâton sur les fesses de la comtesse de Ségur n'étaient pas pour rire et que M. Dorsel avait un secret...

Elle fut sage comme une image pendant toute la semaine. Elle rongea son frein, dévora ses « Bibliothèque rose » dans l'ordre, en parla de façon aussi sensée et raisonnable que possible avec son arrière-grand-mère.

Elle faisait même souvent exprès de ne pas dire exactement ce qui lui plaisait dans le livre. Elle ne parlait jamais, par exemple, des goûters du Club des cinq, elle avait peur de paraître trop infantile et de reculer ainsi le jour où elle aurait accès au bureau. Au contraire, elle donnait souvent raison aux parents lorsqu'ils grondaient leurs enfants, raison aux policiers contre les bandits, et s'efforçait de se montrer aussi adulte que possible dans ses analyses. Elle portait souvent sur Claude des jugements plus sévères qu'elle n'en avait envie : elle admirait son indépendance et son autorité, elle admirait secrètement son côté « garçon manqué », mais elle lui en faisait ouvertement reproche.

Son arrière-grand-mère lui disait souvent avec un demi-sourire :

– Tu es bien raisonnable, Madeleine !

Et elle en rajoutait pour lui faire plaisir.

Au début de la nuit qui précéda son départ, il y eut un orage terrible. La Grande Maison résonnait et craquait de toutes parts. Au dernier étage, un volet battait la façade. Madeleine fut réveillée par un coup de tonnerre plus violent que les autres et ne put se rendormir. Elle se tourna et se retourna dans son lit pour finalement renoncer à trouver le sommeil. Prudente, elle avait toujours, comme ses amis du Club des cinq, une lampe de poche sous son oreiller. Elle se leva, enfila ses pantoufles et sa robe de chambre, et se glissa dans le couloir, serrant sous son bras gauche son livre. La chambre de son arrière-grand-mère était obscure et silencieuse.

Elle descendit l'escalier de bois. Dans le vacarme de l'orage, c'est à peine si on entendait craquer les marches.

Elle traversa la salle à manger et le salon en masquant de la main le rond lumineux de sa torche, et entra dans le bureau.

Elle ferma soigneusement la porte et, sur la pointe des pieds, s'en alla allumer la lampe à abat-jour vert. Elle posa son Club des cinq sur le buvard du bureau. Pendant un long moment, elle resta comme pétrifiée au milieu du tapis, regardant tous les livres, s'imprégnant de l'atmosphère magique du lieu ; puis elle se dirigea timidement vers un rayon. Du bout des doigts, elle effleura les dos. Elle avança le visage pour déchiffrer un titre, et l'odeur lui chatouilla si fort le nez qu'elle sentit qu'elle allait éternuer. Elle se pinça les narines, serra les mâchoires et esquissa une terrible grimace. Son éternuement ne fit aucun bruit et elle s'essuya la paume sur le côté de sa robe de chambre. Elle tendit la main pour prendre un livre et renonça.

Pourquoi en prendre un lorsqu'elle les voulait tous ?

Que pouvait-il se passer pendant cette nuit ? Elle allait prendre un livre, puis un autre ; peut-être parviendrait-elle à en lire un et à en parcourir dix, mais les autres ? Puisqu'elle partait le lendemain, elle n'avait pas même le secours de se dire qu'elle reviendrait la nuit suivante.

Non, la meilleure solution était de tout miser sur l'anné prochaine.

Elle allait faire comprendre à son arrière-grand-mère que cette fois elle n'était plus une petite fille et que, lorsqu'elle reviendrait, elle pourrait tout lire.

Pour cela, elle allait lui écrire !

Et elle n'allait pas lui écrire une lettre banale ou une simple rédaction, elle allait lui faire un *vrai* livre. L'idée la faisait trembler.

Comment n'avait-elle pas pensé à cela plus tôt ?

Si elle écrivait un vrai livre de grands elle-même, plus personne au monde ne pourrait l'empêcher de lire ceux des autres !

Elle posa un fort dictionnaire sur le fauteuil de cuir, prit appui sur les bras d'acajou et sauta.

Elle se trouvait à bonne hauteur.

La plume était devant elle, il restait de l'encre violette dans l'encrier, et elle découvrit une ramette de papier à peine jauni dans le premier tiroir.

Elle se mit au travail.

Sa main tremblait tellement au début qu'elle fit des taches et dut recommencer quatre fois le premier chapitre.

Elle avait tant et tant à dire et ce livre était si important que les idées se bousculaient dans sa tête.

Il fallait à tout prix que ce fût une *vraie* histoire de grands, une histoire qui montrerait bien qu'elle avait tout compris.

Elle inventa une héroïne, une vieille d'au moins vingt

ans, qui n'avait ni père ni mère, et qui avait eu, juste avant le début du livre, un terrible accident de moto qui la laissait sans jambes et avec un seul bras dans une chaise à roulettes. Mais hélas ! la pauvre n'avait personne pour la pousser. Le livre commençait le jour où l'infirmière méchante la roulait au-dehors et l'abandonnait seule en larmes sur le trottoir devant la porte de l'hôpital.

On assistait ensuite, tout au long du premier chapitre, aux efforts désespérés de la jeune femme pour s'installer un coquet studio au rez-de-chaussée d'un immeuble sordide, aux progrès qu'elle accomplissait dans l'art de faire rouler sa chaise avec un seul bras. A une période de relatif bonheur succédait une nouvelle phase d'inquiétude noire : le biceps de son bras gauche, trop sollicité, ne cessait de grossir, et la jeune femme trouvait cela disgracieux. Le chapitre se terminait sur une visite chez un athlétique et charmant kinésithérapeute.

Dans les chapitres suivants, une idylle se nouait entre les deux jeunes gens. Madeleine n'économisa ni les baisers ni les étreintes (c'était à coup sûr le cachet authentique du livre pour adultes). Après une semaine de félicité pendant laquelle la jeune femme oublia même son terrible handicap, le kinésithérapeute se révélait être un fieffé salaud (elle ne recula pas devant le mot, car les adultes, eux, ont vraiment le droit de *tout* dire, ce qu'ils font rarement d'ailleurs). Il était en réalité marié à la méchante infirmière, et ils avaient sept enfants horribles à eux deux, dont une fille boiteuse. La jeune fille se retrouva donc seule avec son gros bras gauche et son énorme chagrin. Ensuite, Madeleine accéléra un peu le mouvement, car elle voyait poindre, par la grande fenêtre qui donnait sur le parc, les premières lueurs de l'aube. L'orage s'était calmé, et le village, en contrebas, semblait paisible avec ses quelques rares ampoules qui perdaient progressivement de leur vigueur. Après une période de terrible dépression qui se terminait dans un hôpital psychiatrique, la jeune handicapée rencontrait un médecin génial qui avait étudié en Chine et qui lui faisait repousser les jambes, le bras droit et maigrir le bras gauche.

Pour que le livre ne finisse pas tout à fait bien, ils ne se mariaient pas, car le docteur avait un secret...

Madeleine termina la dernière phrase par trois points de suspension et écrivit un peu plus bas sur la feuille, entre parenthèses, « à suivre ».

Elle ferait le deuxième tome l'année suivante.

Elle se redressa.

Ses reins, ses épaules et son bras droit étaient douloureux, mais elle avait le sourire. Elle avait écrit vingt-quatre pages (elle les numérota), et ces vingt-quatre pages-là étaient son droit d'accès au grand bureau. Elle était fière, son livre était le premier et l'unique livre écrit pour les grands par un enfant.

Il ne restait plus maintenant qu'à lui donner une couverture et un titre. Sur le bureau, elle avisa une chemise de carton fort qui contenait un livre que son arrière-grand-père devait porter au relieur. Elle l'ouvrit. Le livre qui se trouvait à l'intérieur était la *Critique de la raison pure.* Madeleine resta un instant en arrêt devant ce titre. Il la séduisait. C'est par ce livre-là qu'elle commencerait ses lectures l'année suivante. Elle en avait assez d'être sage et raisonnable, et elle trouverait sans doute là-dedans de fortes raisons de se laisser aller à sa fantaisie. Elle savait en outre que la raison était chose souvent ennuyeuse, mais la raison pure...

Elle découpa la chemise au format de son papier, garda une bande de carton pour coller le dos, l'encolla, assembla le tout et attendit.

« Avant que grand-mère ne le découvre, pensa-t-elle, il sera sec. »

Il ne lui restait plus qu'à terminer la couverture.

Le jour était presque levé maintenant, il était grand temps qu'elle en finisse et qu'elle remonte. Il fallait à tout prix qu'elle aille remettre, contre la table de nuit de son arrière-grand-mère, la canne qu'elle lui avait empruntée avant de descendre au cas où il lui aurait pris fantaisie de vouloir se lever au milieu de la nuit.

Elle avait besoin d'un titre, elle choisit : *Destin tragique,* qui sonnait très « vieux ». Elle prit son Club des cinq pour modèle et l'écrivit en grosses lettres bâton, aussi régulières que possible. Elle ne voulait pas de dessin.

Elle décida aussi de noter un nom d'éditeur. Elle bâilla et inscrivit en bas et au milieu, en lettres plus petites, « HACHETTE ».

Elle se frotta les yeux, recula la tête pour admirer, compara avec son Club des cinq, et nota pour finir, au sommet de la page de titre, en écriture scripte, le nom de la collection : la « Bibliothèque grise ».

Il faisait tout à fait jour, et elle avait diablement sommeil.

La caméra

Mélanie Martin était célèbre dans le pays pour avoir vu, en chair et en os, à l'occasion d'un baptême, Léon Zitrone. Alors qu'elle se figeait au moment d'être filmée par le parrain du bébé, le célèbre homme lui avait même fait remarquer que la caméra enregistrait le mouvement et qu'il n'était pas indispensable de rester immobile. Il ne se passait pas de semaine sans qu'elle en vienne à évoquer ce prestigieux souvenir. Tous les prétextes lui étaient bons pour répéter qu'elle l'avait bel et bien rencontré ou pour se faire répéter par les autres : « Vous qui avez rencontré Léon Zitrone... » Chaque fois que cela se produisait, elle n'en pouvait plus de plaisir et de fierté.

Il y avait exactement dix ans, deux mois et neuf jours qu'avait eu lieu la glorieuse rencontre lorsqu'elle se retourna brusquement, sans raison apparente, au beau milieu de la place centrale du village. Elle se retourna d'un bloc, dans un mouvement si inhabituel pour elle qu'elle en resta stupéfaite.

Elle fit ses courses, rentra à la maison et oublia d'allumer son poste tant elle était perplexe.

Si elle s'était retournée ainsi, c'est qu'il y avait une raison. Ellc se souvenait clairement pourtant de n'avoir rien vu de particulier derrière elle. Il y avait la pâtisserie, la boucherie avec une camionnette garée devant, et le paysan, assis sur le trottoir, qui vendait ses haricots et faisait depuis toujours partie du décor. Elle s'était pourtant retournée et elle n'était vraiment pas du genre à se retourner pour rien.

Elle mit une casserole d'eau à bouillir et s'assit à sa table pour effiler ses haricots. La maison était silencieuse comme elle ne l'avait jamais été. Avec l'âge, pourtant elle tolérait de moins en moins le silence. Il lui donnait des idées noires. Elle reconstitua un à un tous les gestes qu'elle avait faits pendant sa sortie du matin, mais ne trouva rien d'anormal. L'image banale de la place qu'elle avait vue lorsqu'elle s'était retournée était inscrite dans sa mémoire avec la netteté d'un tableau en couleurs. Elle en analysa un à un tous les détails et ne put rien découvrir d'insolite.

Après avoir mangé ses haricots sans même en sentir le goût, après avoir avalé sa tasse de café brûlant sans même avoir pensé à la sucrer, elle décida d'oublier tout cela et de reprendre le train-train de sa petite vie.

C'était malgré tout la première fois de son existence qu'elle faisait une chose injustifiable et inexplicable.

Six jours plus tard, elle se retourna à nouveau, mue par une force instinctive. Elle le fit avec une telle violence et une telle brusquerie que ses vertèbres craquèrent et qu'elle sentit une douleur terrible à l'épaule droite. Derrière elle : rien. Rien, ou plus exactement la charcutière sur le pas de la porte de sa boutique, qui la regarda bizarrement. Elle crut même l'avoir vue hausser les épaules. Personne au village n'avait l'habitude de voir Mélanie Martin gesticuler ainsi sur la grand-place.

Elle rentra chez elle en toute hâte et se laissa tomber dans la bergère du salon. Elle était en nage. D'un geste, elle vérifia que la petite serviette éponge qu'elle plaçait sur le haut du dossier, entre les larges oreilles du fauteuil, était bien en place et que la sueur qui coulait le long de sa nuque ne risquait pas de ternir le velours frappé, façon Empire. Le geste qu'elle fit réveilla sa douleur à l'épaule.

Cette fois, aucun doute n'était possible : elle avait eu la sensation d'une présence derrière elle, c'était une sensation vague et confuse sur laquelle elle avait du mal à se concentrer tant sa douleur était vive. La seule chose sûre était que cette présence ne ressemblait pas à une présence de charcutière. Elle connaissait par cœur la charcutière, elle savait le peu de poids de son regard et elle considérait qu'être regardée par elle était chose négligeable. La présence pesait un poids beaucoup plus lourd et qui ne résultait pas de son seul mystère...

Cette fois encore, Mélanie fit un effort pour se souvenir de ce qu'elle avait découvert derrière elle en se retournant, et cette fois encore force lui fut de constater qu'il ne se passait rien d'anormal sur la place, que tout était calme et silencieux. Elle mit un châle de laine sur son épaule douloureuse et décida d'attendre encore un jour ou deux avant d'aller consulter. Son cou était raide et elle ne pouvait déjà plus tourner la tête.

La troisième fois qu'elle se retourna, elle était chez elle, dans sa cuisine, debout devant la table en Formica. Elle pivota d'un seul bloc, car son cou était tout entier pris dans le carcan d'un torticolis devenu permanent. Sa douleur à l'épaule se réveilla, mais elle eut assez nettement la sensation d'avoir vu une ombre disparaître derrière la fenêtre. Ce fait était bizarre, compte tenu qu'elle était à l'étage et qu'elle n'avait pas de balcon, mais il pouvait déjà constituer un indice. Pendant toute la journée qui suivit, elle sentit que la présence restait dans les parages. Elle n'aurait pas su dire pourquoi, mais elle en était sûre. C'était peut-être une certaine pesanteur de l'air dans son dos, une certaine atmosphère trop calme, une certaine façon aussi qu'avaient les choses d'aller trop parfaitement bien... Il lui paraissait certain que d'un instant à l'autre elle allait se retourner à nouveau.

Elle décida de résister.

Elle s'assit sur son tabouret pivotant, s'agrippa au bord de la table, fit mine de s'occuper d'autre chose et attendit. Dans la mesure où elle n'avait aucune raison valable de se retourner, il lui était extrêmement difficile de prévoir le moment exact où elle le ferait. Elle resta donc concentrée et attentive pendant de longs quarts d'heure : les articulations de ses phalanges blanchirent, elle sentit des fourmis lui envahir les bras. Peu à peu, les bruits familiers du village s'estompèrent, elle n'entendit plus les gosses qui galopaient dans la rue, elle oublia la pétarade de la mobylette du fils Perron, même le tic-tac de son réveil de cuisine disparut. Son mollet droit la démangea atrocement, mais elle résista, serra la mâchoire et ne lâcha pas le bord de la table.

L'après-midi passé, elle tint bon.

Vers sept heures et demie, à l'heure où les bébés pleurent et où les chiens ressemblent aux loups, elle sentit une douleur supplémentaire dans son cou et *entendit.*

C'était discret, c'était régulier comme un bruit de fond, une sorte de ronronnement grave, tenu. Un petit moteur.

Aucun doute n'était possible, ce qu'elle entendait derrière elle et qui l'avait forcée à se retourner plusieurs fois était purement et simplement une *caméra.*

On la filmait.

Elle resta immobile un moment de plus, bandant ses muscles, et brusquement fit pivoter son tabouret.

Ah! s'écria-t-elle en tournant, bras déjà tendus pour saisir l'objectif indiscret. Le tabouret gémit, la semelle en caoutchouc de ses charentaises crissa sur le lino lorsqu'elle plaqua ses pieds au sol pour bloquer le mouvement.

Elle s'immobilisa doucement, reprit lentement son équilibre et porta la main droite à son cou. Une grimace douloureuse lui déforma le côté du visage.

La nuit était tombée sur le village. Par la fenêtre, elle ne découvrait que le ciel noir et le haut de la colline où brillait, solitaire, la cuisine de la Grande Maison. Il pouvait être huit heures. Dehors, un chien jappa, le crémier sortit ses bidons de lait et le calme enveloppa la campagne.

Elle se dressa lentement, alluma sa lumière, dut se retenir au chambranle de la porte. La pièce tournait autour d'elle, des papillons noirs passaient devant ses yeux, et ses muscles durs, noués, la faisaient atrocement souffrir.

Elle se coucha sans dîner, sans même se déshabiller, sans se glisser sous les draps. Elle tira l'édredon sur elle et s'endormit.

Dans le village, il y eut bientôt plus d'une bonne âme pour dire en hochant la tête que la Mélanie s'était faite bien bizarre, ces temps, et qu'elle se laissait dévorer par les tics.

On la voyait traverser la place comme une âme en

peine, de plus en plus courbée, lançant sans cesse par-dessus son épaule droite des regards effarés et se plaignant à haute voix de ses douleurs.

Les enfants l'avaient baptisée « la toupie », et la grosse Claudine, péremptoire, avait déclaré, un matin au lavoir, que Zitrone lui avait tourné la tête. On avait ri.

Mélanie avait fini par se résoudre à consulter le docteur Desfleurs. Il lui avait dit, en riant, que c'était l'âge et que l'on ne pouvait pas grand-chose contre les rhumatismes. Il lui avait prescrit quelques calmants, de la chaleur en pommade et du repos.

Chez lui, elle avait réussi à ne pas tourner la tête, ou plutôt elle ne l'avait fait que lorsqu'il regardait ailleurs. Elle avait renoncé aussi à lui parler de la caméra et du bruit du moteur qu'elle entendait maintenant presque vingt-quatre heures sur vingt-quatre.

Que pouvait-on lui vouloir pour la filmer ainsi ?

Elle s'inquiéta.

Qu'allaient penser les gens du village ?

La caméra ne la quittait plus, elle entendait son ronflement en permanence derrière elle, mais elle n'eut bientôt plus la force de se retourner pour tenter de la surprendre. Elle avait renoncé. Elle savait qu'elle était là, mais qu'elle ne la verrait sans doute jamais.

Un jour, n'y tenant plus, elle voulut au moins se rassurer en se prouvant qu'elle n'était pas seule dans son cas. Elle s'approcha discrètement de Mme Wasserman, qui regardait passer le monde à sa fenêtre. Pendant une minute ou deux, elles parlèrent de la pluie et du froid qui étaient revenus et qui se montraient une fois de plus bien terribles pour leurs rhumatismes, puis Mélanie lança, mine de rien :

– Et si on nous filmait ?

– Si on nous filmait ? Qui ça ?

– Je ne sais pas, moi, la télé par exemple...

– La télé, où ?

– Nulle part, nulle part, c'était une idée...

Mélanie rentra chez elle, accablée.

Elle perdit peu à peu goût à toutes les choses qui autrefois avaient réjoui sa vie. Le fait de se sentir filmée lui ôtait toute liberté de manœuvre, et les douleurs lui compliquaient le moindre mouvement.

Les feuilles tombèrent, l'hiver passa et fut terrible. Le printemps n'arrivait pas. « Quel plaisir peuvent-ils avoir à me filmer en train de tourner en rond dans ma cuisine ? marmonnait Mélanie. Qu'est-ce qu'une vieille comme moi peut avoir d'intéressant ? Qu'ils filment donc la jeunesse ! »

Elle s'épuisait à faire quelques gestes chichement mesurés le matin et à rester aussi immobile que possible l'après-midi. Sa vie avait pris un goût de gros nuage. On ne la voyait plus guère traverser la place et plus jamais on ne l'entendait prononcer le nom magique de Léon Zitrone.

Un matin qu'elle hésitait à rejeter la couverture de son lit de peur d'être filmée, elle prit une décision grave. La vie n'était plus possible.

Elle se leva, enfonça un bonnet de laine, noua un cache-nez autour de son cou et alla s'asseoir dans sa bergère.

« Et voilà, dit-elle, je ne bougerai plus d'un pouce. Puisqu'ils veulent me filmer, qu'ils me filment à rien faire. »

Elle resta immobile, les yeux mi-clos, et décida de ne plus bouger.

Elle resta silencieuse, épiant le ronflement qui allait s'amplifiant au fur et à mesure que la caméra se rapprochait de son cœur, et ne sortit de sa demi-torpeur qu'un instant pour crier : « Allez-y ! Gâchez-la, votre pellicule ! »

Variation

L'orgue éclate. Son père lui lâche le bras pour aller s'asseoir sur le banc du premier rang. Elle s'agenouille sur le prie-Dieu couvert de velours rouge. Son futur mari abandonne le bras de sa mère et vient s'agenouiller près d'elle.

Bach couvre le piétinement des invités. D'un commun accord, ils ont choisi la *Toccata*. Elle suit derrière elle les gens qui se pressent. Il n'y aura pas de place pour tout le monde. Une partie du village devra rester sur le parvis. En sortant, on leur jettera des dragées. Elle voudrait ne penser qu'à lui, se donner tout entière.

Elle veut aussi que la fête soit gigantesque, que la messe soit émouvante, que sa robe ne se froisse pas. Elle veut aussi se retenir de pleurer pour que le rimmel ne coule pas sur ses joues. Elle veut ne pas bouger la tête pour que ses cheveux frisés ne s'échappent pas du voile et ne tombent pas en cascades molles sur ses joues.

Ils devront s'occuper de tout le monde, la nuit sera harassante. Elle acceptera toutes les invitations à danser, elle sourira, elle posera tendrement la main sur la tête des enfants. D'un œil, elle regardera si toutes et tous se sont bien mis sur leur trente et un.

Elle voudrait se retourner pour voir l'église se remplir, pour assister à la bousculade autour du dernier banc. Le curé se met en place. Il faut qu'elle pense à ôter ses gants. D'un coup d'œil furtif, elle vérifie que son mari y a pensé lui aussi. Il y a pensé. Il est beau dans son smoking blanc.

Elle ne l'épouse pas pour son argent.

Il faudra faire attention pendant le repas que l'oncle Ferrachat ne boive pas trop. Il devient méchant et dit des vérités pas toujours bonnes à dire.

Elle se lève et s'agenouille chaque fois que le curé lui fait signe. Elle ne suit rien de la messe. Son mari lui a posé la main sur l'avant-bras, elle s'est retournée vers lui, il lui a souri.

Il faudra faire attention à ce que les enfants n'accaparent pas toute la piste de danse, veiller à ce que Claudine ait une place en bout de table. Elle demandera au chef d'orchestre d'attendre minuit pour se permettre quelques chansons lestes. Il faudra aussi que la famille de son mari ne s'étonne pas trop des mœurs simples du village. Heureusement, ils ne seront pas très nombreux.

Elle voudrait bien qu'il n'y ait pas de bagarre dans la queue lorsque les invités attendront pour venir les féliciter dans la sacristie.

Mlle Thérèse, qui a un don pour le théâtre, récite dans le micro que son bien-aimé a dévalé vers elle la colline.

La dame de la Grande Maison est descendue et on lui a fait une place au second rang. Elle restera assise pendant toute la cérémonie et s'en est excusée auprès du curé qui a trouvé cela très naturel.

Elle espère que la petite Frachon ne s'emmêlera pas les pieds dans la traîne en sortant de l'église tout à l'heure. Bach. La fugue.

Elle voudrait que la fête soit inoubliable.

La musique monte sous les voûtes, rebondit de partout, lui revient dans le ventre. Elle parle mentalement à Dieu et le remercie de tant de bonheur.

Il faudra veiller à ce que tout le monde ait du champagne. Tout le monde chante. Elle ne reconnaît pas la voix de basse du pâtissier. Il doit être en train de mettre la dernière main à la pièce montée. Elle a choisi elle-même les deux petits mariés en plastique qu'il piquera au sommet. Elle a dit « oui » sans même s'en rendre compte. Elle a été subitement entourée d'un halo de flash. Son mari a dit « oui » et il lui a souri. Il a l'air d'en profiter.

Elle se souvient de sa première communion.

Elle pense aussi à la culotte de dentelle et au soutien-gorge qu'elle porte sous sa robe. Elle essaie de chasser cette pensée, mais une autre vient par-dessus et lui dit que c'est ça aussi le mariage. Ils resteront jusqu'au départ du dernier invité. Ils ne se précipiteront pas tout de suite au lit. Son mari a beaucoup vécu ; elle, elle a pourtant trente-quatre ans, mais elle ne peut pas en dire autant.

Elle porte une alliance bénie maintenant.

Elle en a glissé une à l'annulaire de son mari. Elle n'a pas hésité, elle n'a pas raté son coup. Il a souri. Il faudra faire attention à ce que Frachon ne se laisse pas aller à trop tripoter les dames. Celles de l'autre famille ne le supporteraient pas.

Elle présentera Mlle Thérèse au frère de son mari. Il vient de loin, et il ne sait pas qu'elle rit volontiers avec les hommes, et comme elle est très jolie et très intelligente...

Chacun aura du champagne.

Il fait soleil, on pourra sortir dans la cour pour les photos, sur le banc au pied du tilleul.

Pour aller jusque-là, on prendra l'auto et on baissera les vitres.

Elle ne l'épouse pas pour son argent.

Elle fera des signes de la main au-dehors. Elle remettra ses gants.

Parce qu'elle n'est pas rancunière, elle a invité le

menuisier, il faudra qu'elle pense à lui faire un sourire. Rien que pour lui.

En fait, tout le village sera là, au moins à l'apéritif. Même le boiteux, il faut savoir faire des concessions. M. le curé et ses parents n'auraient pas compris. Ils ne savent pas tout. Ils ne savent pas combien il a pu la torturer.

Elle se revoit soudain petite fille et tremblante, attendant son tour d'entrée dans le confessionnal.

Le curé a vieilli, mais c'est toujours un bon curé.

Son mari rêvait d'un mariage simple. Il n'aime pas étaler sa fortune et elle est contente de faire voir à tous qu'elle ne l'épouse pas pour son argent.

Elle a envie de pleurer.

Ces trois derniers jours ont été harassants.

Tout le monde comprendrait cela, sauf le boiteux, qui a un cœur de pierre. Elle a fait tant de choses.

Elle frissonne.

Auront-ils seulement pensé à disposer des coupes de dragées sur les tables ?

Elle fera attention à ne pas trop manger et à ne pas trop boire, même si elle a soif.

Son mari lui sourit.

Ses genoux sur le prie-Dieu lui font mal, elle a peur de déchirer ses bas.

Claudine n'est pas contente, mais, comme elle est mécontente de nature, cela ne se voit pas. Jeannette la comprend. Jeannette comprend tout le monde, Claudine n'a jamais pu se marier, elle.

Bach encore. *Jésus que ma joie demeure,* peut-être, elle ne sait plus. Elle a envie que cela se termine maintenant, mais elle sait qu'elle tiendra jusqu'au bout. C'est le jour où elle *doit* tenir et elle tiendra. Cela s'appelle le bonheur.

Ensuite elle ne sera qu'à lui et pour toujours.

C'est un homme doux, riche, beau. Il ne pouvait être autrement. Ils s'aiment et leur amour était inévitable. Leurs mains se cherchent. A rester ainsi agenouillé, il va gâter le pli de son pantalon.

L'orgue éclate.

Cette fois c'est *Jésus que ma joie demeure,* elle en est presque sûre, elle hoche discrètement la tête en cadence. Bientôt ils se lèveront, se donneront le bras, elle sentira son épaule contre la sienne et ils se dirigeront vers la sacristie.

Elle pourra jeter un coup d'œil derrière elle. Les femmes pleureront, les hommes dans leur costume noir baisseront la tête. Sur les fronts de ceux qui travaillent aux champs, elle remarquera la trace blanche de la casquette. Claudine boudera, son vieux père lui sourira, sa belle-mère baissera les paupières pour lui dire qu'elle a été parfaite. Elle serrera son bouquet dans la main gauche.

Elle hoche la tête en cadence.

Et, furtivement d'abord, puis de plus en plus nettement, un pas de galoche ferrée vient battre la mesure. Il est lointain d'abord, puis il se rapproche.

Le boiteux.

Son pas dérythmé couvre l'orgue, envahit le silence de l'église.

Jeannette en pleurerait. Elle le sent dans son dos. Il vient droit sur elle.

« Bedeau-salaud », murmure-t-elle entre les dents.

« Bedeau-salaud. »

Le pas résonne aux plus hautes voûtes. Jeannette baisse la tête.

Elle voudrait coller les mains sur ses oreilles et hurler. Clac-clac, clac.

Un jour elle lui cassera la figure. Il va venir lui souffler dans sa nuque de mariée son haleine vineuse.

Elle serre les mâchoires et les paupières de toutes ses forces. Elle grimace. Elle va éclater en sanglots. Il ne faut pas que l'on voie son dos qui se secoue.

— Pardon mademoiselle, ne restez pas devant l'autel. Allez prier sur les bancs comme tout le monde. M. le curé ne veut pas que l'on salisse son velours rouge. C'est réservé aux mariages.

Elle le tuera.

La cuisinière

Une larme bascula par-dessus sa paupière, se fraya un passage dans le dédale de ses rides, et tomba dans la poêle. Elle se roula instantanément en une minuscule boule frissonnante et disparut. Une autre larme, puis une autre... Sous la poêle, le feu sifflait fort.

La cuisinière regardait de ses yeux embués sa main déformée par les rhumatismes qui avait tant de peine à saisir le manche de la poêle, les deux endives qu'elle avait posées, sans même les avoir lavées, près de la cuisinière, et la plaquette de beurre. Ses yeux revenaient à sa main, retournaient aux endives, allaient au beurre, comme traqués, et elle pleurait. Mélanie pleurait pour la seule chose au monde qui méritait de la faire pleurer, elle pleurait parce qu'elle ne savait plus comment on cuisait les endives. Sa vie entière avait été placée sous le signe fatal de la dialectique du morceau de pain et du bout de fromage; ce bout de fromage que l'on prend pour finir son morceau de pain et ce morceau de pain que l'on coupe parce que le bout de fromage était trop gros. Elle avait vécu pour manger, et, pour gagner sa vie, elle avait cuisiné.

Au temps de sa splendeur, personne dans le village n'aurait osé contester ses compétences culinaires. Elle était la seule à pouvoir hausser les épaules en goûtant une pâte à choux du pâtissier, la seule à pouvoir glousser en regardant simplement une galantine dans la devanture du charcutier.

Sa longue pratique des cuisines – elle avait cuisiné longtemps pour les gens de la Grande Maison du temps où on y menait grand train – lui avait donné des manières autoritaires, et elle ne supportait ni la critique, ni le doute, ni l'erreur, ni les petites tricheries qui sont le quotidien des cuistots de seconde zone ou des cheffaillons soucieux de rentabilité.

Sa seule oreille lui permettait de hurler, en traversant la place, à la maigre Mme Wasserman d'aller baisser la flamme de son camping-gaz sous son beurre qui allait noircir. Son seul nez lui en disait assez sur les effluves du soupirail de la pâtisserie pour qu'elle puisse crier à tue-tête à l'heure de la sortie de la messe :

– Albert, tu forces sur la margarine !

Et elle se retrouvait chez elle devant cette misérable cuisinière à butane, incapable de décider comment elle allait faire cuire ses deux endives ! Elle qui avait cuit tant de ragoûts, de civets, de daubes, de bourguignons, de quenelles, de pâtés...

Ce sont ses mains qui l'avaient d'abord lâchée. Le rhumatisme déformant s'y était mis, et ses doigts s'étaient boudinés, tordus, ses articulations avaient gonflé. A quoi servait une main qui ne pouvait plus d'un seul geste retourner une livre et demie de pommes de terre dans une sauteuse ? A quoi bon des doigts quand ils étaient incapables de guider la lame du couteau pour émincer les oignons ?

Sans compter les douleurs, sans compter le temps perdu à mal faire à petits gestes ce qu'on faisait autrefois en un tournemain.

Mélanie avait quitté les fourneaux avant que les fourneaux ne la quittent, et, seule chez elle, elle passait ses journées à sentir ses mains se durcir. Ce qu'elle n'avait pas senti, par contre, mais qui s'était aussi sûrement produit, c'est que, loin de son travail et de ses responsabilités, au fur et à mesure que ses mains durcissaient, son cerveau se ramollissait, et c'est pour cela qu'elle se retrouvait, à soixante-quinze ans à peine, devant ses deux endives terreuses comme une poule devant un couteau.

Une nouvelle larme tomba dans la poêle surchauffée.

Elle en savait pourtant des secrets !

Elle n'avait pas sa pareille pour réutiliser un lait tourné dans une pâte à crêpe ou pour sauver un lard rance dans une eau tiède au bicarbonate. Elle savait que les laitances des poissons dont le nom commence par un *b* ne sont pas consommables, que les tiges de persil sont plus parfumées que les feuilles, que la salade de pommes de terre s'assaisonne lorsqu'elles sont encore chaudes, et que, pour en faire un régal, il suffit d'ajouter du vin blanc à la classique vinaigrette...

Elle se décida brutalement à couper un morceau de beurre dans la poêle. Le geste qu'elle fit avec son couteau à bout rond lui arracha une grimace de douleur.

Elle avait maigri presque immédiatement après sa retraite.

Elle flottait dans ses tabliers. Elle qui avait eu une passion sans bornes pour les fromages, ne les reconnaissait aujourd'hui qu'avec peine. Elle avait surtout aimé les roqueforts, les bleus d'Auvergne et les fourmes, auxquels elle attribuait en rotant des vertus digestives. Elle s'en taillait, à la fin de chaque repas, des portions phénoménales, émiettant ceux qui ne trouvaient pas grâce à son palais dans ses ragoûts et dans ses sauces, pétrissant ses rogatons dans le vin de Mâcon et le marc de Bourgogne pour en faire des boulettes à frire ou confectionner d'avance son stock de « fromage fort ».

Le beurre moussait dans la poêle.

Autrefois, elle y aurait jeté ses oignons et son échalote pour les faire blondir, ses endives auraient été lavées, épointées, avec le cœur taillé en cône pour éviter l'amertume ; elle les aurait mises à braiser, tout simplement en tenant prêt son jus de citron pour relever le goût de sa persillade... Le beurre noircissait dans la poêle.

A quoi servait cette vie du fauteuil à la table ? Cette vie sans envie, sans fringale, sans cette lourdeur d'estomac qu'un nouveau bon dîner efface ? A quoi bon une existence sans le bruit des casseroles sur les fourneaux ? A quoi bon manger ? Et que mangeait-on vraiment après tout ? Ses yeux effarés allaient de sa main difforme aux endives, des endives à la poêle où le beurre finissait de se décomposer ? A quoi bon une vie sans ses deux mains et sans toute sa tête ?

Puisqu'il était déjà trop tard, que le beurre était cuit et recuit, il fallait se décider absolument à faire quelque chose.

Ses yeux effarés firent un ultime va-et-vient, et elle posa sa main dans la poêle brûlante.

Soirée de gala

– Laissez Mme Martin faire les lignes !

Mme Martin était la chef de table. Pour éviter toute contestation, elle partageait les plats. Lorsqu'il y avait du hachis Parmentier, comme ce soir-là, elle traçait sur la croûte du gratin, avec la pointe de son couteau, des lignes qui divisaient le plat en six portions égales. Ensuite, chacune devait se servir en respectant les frontières.

Ainsi tout le monde s'entendait bien et il n'y avait jamais de bagarre à cette table. Les bonnes sœurs qui passaient de temps à autre avaient toujours le sourire et il était de notoriété publique que la table de Mme Martin était de beaucoup la plus harmonieuse de toute la maison de retraite.

Lorsque le plat échut à celle que tout le monde appelait « la petite mémé », il y eut un bref instant de suspens, comme si les cinq autres prévoyaient ce qu'elle allait dire et lui laissaient le temps de le dire.

– Je n'en prendrai qu'à peine... surtout aujourd'hui... Si vous voulez vous partager le reste, ce sera avec plaisir.

Mme Martin remercia pour tout le monde, récupéra le plat et traça cinq parts sur le morceau restant.

La petite mémé avait un appétit d'oiseau. Elle était minuscule, mince comme un fil et gaie comme un pinson. Dans son visage qu'on aurait dit de petite fille, ses deux yeux bruns, délavés par le temps, brillaient de malice. Sa taille la forçait à porter des vêtements de fillette, et ses robes colorées faisaient tache sur le noir environnant.

La petite mémé avait une réputation d'indestructible joie et de phénoménale énergie. Toujours disponible, toujours inventive, elle n'avait pas son pareil pour réjouir les pensionnaires de *sa* table.

C'était elle la première qui avait réagi contre la télévision.

Elle s'était indignée de ce que chaque soir tout le monde se laissât tomber dans un fauteuil pour regarder défiler des images auxquelles la plupart ne comprenaient rien, et avait décidé de secouer un peu cette torpeur.

Chaque mardi désormais, celles qui étaient ingambes sortaient et chaque vendredi se déroulait un spectacle à la maison. A chacune leur tour, elles devaient animer la soirée. Jusqu'ici le plus grand succès avait été obtenu par la petite mémé, elle avait fait une causerie sur les chanteuses et les actrices d'autrefois, profitant de son sujet pour faire toute une série d'imitations de Rina Ketty, Damia, Marie Dubas, Fréhel et Lucienne Boyer, et de digressions sur ses amours de jeunesse et ses souvenirs de bal.

Elle refusa sa portion de « Vache qui rit ».

– La gorge vous serre! lança Mme Martin en hochant la tête.

La petite mémé ne put que lui retourner un mince sourire.

– On sait ce que c'est, allez!

Le succès de sa première prestation avait été si considérable que, ce soir-là, la petite mémé se sentait étrangement nouée. C'était un peu comme si elle avait mangé trop vite.

– Alors, qu'est-ce que vous allez nous raconter ce soir?

– Ne lui demandez rien, c'est un secret!

– Elle peut bien nous le dire à nous, on est de la même table et elle sait bien qu'on ne répétera rien, pas vrai petite mémé?

La petite mémé sourit à nouveau sans répondre.

– On espère bien en tout cas que vous allez nous faire rire.

– Laissez-la donc tranquille!

Mme Martin découpa en cinq la « Vache qui rit » et

distribua les miettes ainsi obtenues à ses compagnes.

Dans un crissement de roues caoutchoutées sur le vieux carrelage, et un tintement de bols en inox sur les ridelles des chariots métalliques, les bonnes sœurs apportèrent le dessert.

La pctite mémé se haussa sur la pointe des fesses et jeta un coup d'œil.

C'était de la compote de pommes moulinée. Elle ne l'aimait que grossièrement écrasée à la fourchette.

Elle renonça.

Elle sauta de sa chaise. Le moment était venu pour elle d'aller se préparer.

Elle remonta le long de la travée entre les tables.

Des vieilles mains ridées se tendirent vers elle, accrochant un instant sa robe, effleurant ses bras.

– Faites-nous rire, hein, petite mémé.

– Dépêchez-vous, on va aller s'installer.

Dans l'escalier, elle croisa la mère supérieure.

– Parfait, parfait, lui dit la mère (elle disait toujours « parfait, parfait »), allez vous préparer au calme, mais ne tardez pas trop, je ne veux pas faire veiller nos pensionnaires au-delà de dix heures... Et surtout de la gaieté, de la gaieté ! C'est la devise dans notre maison !

La petite mémé fit un signe de tête et s'échappa.

Arrivée dans sa chambre, elle tourna vivement le verrou et resta un instant adossée au panneau de la porte.

Le plus dur restait à faire.

Elle ferma les yeux quelques secondes, respira profondément et repartit dans un sourire.

L'armoire d'abord.

Elle choisit sa robe la plus colorée, la plus folle ; une robe rouge vif avec des petits pois blancs, une qu'elle avait achetée au marché un an avant et qu'elle n'avait jamais osé mettre. Elle prit aussi ses chaussures de première communiante à bout rond, en cuir verni noir.

Elle s'habilla.

Elle débrancha ensuite sa lampe de chevet et l'installa sur sa coiffeuse.

Ses pots de fard, son rouge à lèvres et son rimmel étaient soigneusement alignés devant son miroir.

Elle commença par se faire les pommettes très rouges.

Le plus dur, dans une conférence, c'est la première phrase.

Elle l'avait donc apprise par cœur.

Avec les chanteuses d'autrefois, elle n'avait pas eu de problème ; elle les connaissait si bien et c'était si facile ; avec les grands artistes de l'écran, ce ne serait pas la même affaire.

Elle avait décidé de commencer par « Comme vous avez pu le constater, je ne suis pas Fernandel, mais j'aurais pu l'être... »

Là, elle plaçait sa grimace : dents en avant, menton en galoche et sourcils relevés.

Elle répéta la phrase avec une pointe d'accent marseillais.

Pour faire bonne mesure, elle se mit une touche de rouge au bout du nez et se noircit les cils.

Après la phrase et la grimace, normalement, toutes les vieilles devaient rire. Ensuite, ça irait tout seul : Raimu, Harry Baur, Pierre Fresnais, Charlot, Bourvil, Charles Boyer et, pour finir, Laurel et Hardy. Le plus dur c'était le « Comme vous avez pu le constater... »

Elle sentait une boule dans sa gorge rien qu'à l'idée de devoir le prononcer.

Elle répéta une fois encore sa grimace et se colora les lèvres.

Qu'allait-elle faire de ses cheveux ?

« Comme vous avez pu le constater, je ne suis pas Fernandel... »

Elle secoua la tête, plissa les paupières, recula un peu pour voir son buste tout entier dans la glace. Des couettes.

Elle allait risquer les couettes. Pour faire contraste.

Elle fouilla dans son tiroir et y trouva deux rubans rouges qui faisaient parfaitement l'affaire.

« Comme vous avez pu le constater... »

Elle se traça une raie au milieu, tira ses cheveux en bandeaux et noua les deux couettes. Elle se regarda dans la glace.

On lui donnait soixante-douze ans de moins.

Elle se leva, sautilla d'un pied sur l'autre pour faire danser ses cheveux et but une gorgée d'eau dans son verre à dents.

La boule ne voulait pas descendre.

« Comme vous avez pu le constater, je ne suis pas Fernandel... »

La mère supérieure frappa à sa porte.

— Tout le monde est en bas, dit-elle, nous vous attendons.

— J'arrive.

La petite mémé la laissa s'éloigner, puis sortit sur la pointe des pieds et descendit à son tour.

Du palier du premier étage on entendait la rumeur de la grande salle.

Le trac la saisit et elle dut se cramponner à la rampe pour ne pas tomber.

La salle était ainsi faite qu'elle devait remonter tout le public pour gagner l'estrade sur laquelle on avait posé une table et une chaise en bois.

Dès qu'elle apparut, les applaudissements crépitèrent.

Machinalement elle se mit à sourire en hochant la tête.

Aussitôt son cerveau s'activa démesurément.

C'était comme si elle avait des forces intellectuelles nouvelles, comme si elle pouvait à la fois tout voir, tout entendre et tout comprendre.

Elle répétait intérieurement, sans trêve : « Comme

vous avez pu le constater, je ne suis pas Fernandel... », repérait toutes ses amies dans l'assemblée, entendait les remarques que les spectateurs faisaient sur sa robe ou sur sa coiffure, situait les bonnes sœurs de part et d'autre de la salle, observait que l'on avait descendu Mme Germaine dans son fauteuil, se disait qu'elle allait avoir une belle brochette de vieilles peaux devant elle, s'étonnait de les voir toutes si ridées, notait que la parkinsonienne faisait du bruit au premier rang, et répétait encore : « Comme vous avez pu le constater, je ne suis pas Fernandel... »

En s'essayant, elle remarqua que la mère supérieure avait même fait descendre la mère Dubois, qui était grabataire et que l'on avait posée sur un chariot roulant au fond de la pièce ; elle était sourde, à moitié aveugle, et roulait dans son coin des yeux effarés.

Les spectatrices se calmèrent. Elles se calèrent une dernière fois dans leur chaise, avec sur le visage ce fin sourire de bonheur que l'on a lorsqu'on se prépare aux plus grands plaisirs.

La petite mémé se répéta mentalement une dernière fois sa phrase : « Comme vous avez pu le constater, je ne suis pas Fernandel... », contracta une dernière fois les muscles de son visage qui allaient lui servir à faire sa grimace.

Dans la salle, on fit « chut ! ».

Passé la première phrase, tout irait mieux.

Elle se racla la gorge, mit le menton en avant, découvrit ses dents. Ses yeux s'enfoncèrent dans leurs orbites noires, son nez se pinça. Elle prit son plus bel accent marseillais :

– Comme vous avez pu le constater...

Sa voix s'étrangla dans le silence métallique du réfectoire et elle éclata en sanglots.

Hypoglycémie

Durant toute la promenade qu'elle s'accordait pour se changer les idées, à l'heure où elle aurait normalement dû déjeuner, elle souffrit. Son estomac était un gouffre, et tout se passait comme si la faim lui tirait les yeux en arrière. Elle se sentait les joues creuses, la mine pâle. Elle se sentait absente au monde, comme un myope qui eût oublié ses lunettes, une sourde sans sonotone, aux frontières du malaise, aux confins du vestige. L'œuf dur du petit matin avait été aspiré dans un gouffre sans fond, la pomme de onze heures l'avait suivi sans s'attarder, laissant ses jambes en coton.

Elle passa devant la mercerie deux fois, les deux fois s'attarda devant la vitrine sans parvenir à fixer son attention. Elle fit trois fois le tour de l'église – les cloches sonnent-elles ? – regarda les fruits sans les voir, essaya de s'intéresser aux casseroles à fleurs du quincailler, puis, comme une somnambule, mue par des forces instinctives venues de bien au-delà de ses forces, elle s'engouffra dans la pâtisserie.

Elle s'empara d'un éclair et d'une tarte au citron.

– Ce n'est pas la peine de les envelopper...

La pâtissière, maigre comme un coco, lui avait demandé, moqueuse :

– C'est pour engloutir tout de suite ?

Elle s'en fichait.

Elle avala la tartelette en deux bouchées, elle goba l'éclair avant même de les payer, elle prit ensuite une religieuse et un baba à la crème qu'elle fit placer, pour la forme, dans un petit carton et qu'elle mangea dans la rue.

Jamais elle ne s'était sentie aussi légère. Ces gâteaux l'avaient transformée, elle retrouvait d'un coup la netteté et la beauté de la vie et des choses, elle regarda dans la vitrine les petites robes d'été de taille 38, elle ne doutait plus d'y entrer ; elle chaussait du 36, sautillait en marchant et souriait – grosse rieuse – à tous ceux qui la croisaient.

Le village

Le village est au pied d'une colline, une montagne moyenne pour être plus exact, un de ces sommets rondouillards et dodus comme on en voit dans le centre de la France. Derrière cette montagne, d'autres montagnes et des plateaux un peu semblables, bleu foncé à force de sapins et de pins, souvent noirs sur les revers avec des entre-deux et des fonds de vallée vert tendre, tracés de peupliers dont les feuilles rondes pile-ou-facent dans les brises.

Les routes que l'on aperçoit en saignées à flanc de montagne sont étroites, sinueuses, volées au rocher, elles montent, elles descendent et font que le village est loin. Ceux qui habitent de l'autre côté de la même montagne et que les éperviers voient dans le même regard sont déjà des étrangers ; à quatre heures de marche dans la neige d'hiver, à une heure de vélo l'été, sous le soleil dans le bombinement des mouches et des guêpes, le tapage des grillons et des criquets et la menace silencieuse des vipères.

L'été, le ciel est d'un bleu moins intense que l'hiver. Autour du village, et se développant surtout du côté de la petite plaine, les champs. Parce qu'on sait ici que la rivière a eu des caprices et que les ruisseaux n'ont pas charrié partout les mêmes alluvions, les champs sont petits. Chacun sait le mystère des bonnes et des mauvaises terres, et chaque arpent cache un chapelet de secrets de famille. Précisément parce qu'ils ont une histoire, les champs sont encore ici le bien le plus précieux, même si on les abandonne de plus en plus aux vaches et si le charcutier et le pâtissier se sont acheté de bien grosses voitures pour des gens de la région. Le village est rond avec deux antennes de maisons le long de la route, maisons de vacances pour la plupart. Les tuiles des toits sont rouges et le crépi des murs blanc ou beige, souvent écaillé. Il y a entre les maisons des ruelles étroites faites pour l'ombre, malcommodes, avec de hauts murs derrière lesquels se cachent des jardinets et un cimetière. Il y a l'avenue, un peu plus large, où l'on pourrait jouer aux boules, la mairie, le garage, les cafés.

Le village est petit, mais on y compte trois boulangers qui font six pains différents, dont un gros noir qui durcit lentement pour les clients qui descendent des hameaux.

Il y a aussi trois bouchers, qui sont tous les trois sur

la place. Cette place païenne, puisque l'église fut bâtie à l'écart, est le centre de toutes les modernisations. C'est elle que l'on a goudronnée en premier, il y a déjà longtemps, c'est sur son pourtour que l'on a placé les premiers trottoirs, c'est elle, aussi, qui reçoit les majorettes et la retraite aux flambeaux au Quatorze-Juillet, et c'est sur elle enfin que l'on vient de planter les deux premiers réverbères municipaux.

On les allume tous les soirs jusqu'à minuit, et ils font sur la place deux taches de lumière circulaires, un peu fades, vaguement tristes.

C'est là que chaque soir on voit gesticuler Léonne – la suicidée –, sa bouteille de champagne à la main, la bouche encore décorée de crème fouettée, c'est là que, depuis qu'elle a tourné poivrote, elle vient hurler ses vérités.

– Je vais me gêner pour dire que le grand-père Ferrachat a essayé d'étrangler l'Armand Frachon.

Jusque-là, elle n'a dit que des vérités que tout le monde connaît dans le village, des méchancetés à peine enfouies, des horreurs célèbres, mais il y en a qui tremblent parce qu'elle sait des choses, par sa mère notamment, que tout le monde ne sait pas.

Elle avance en titubant d'un rond de lumière à l'autre, brandissant sa bouteille, s'appuyant au réverbère pour boire au goulot et roter les bulles.

– Alors *Veuve* Wasserman, sors donc de ton garage !

Viens nous parler de ton mari ! Est-il mort ou est-il parti avec l'Arlette ?

Elle tourne sur place poussant devant elle son ventre devenu gros à force de champagne et de pâtisseries.

Elle écarte les bras, plantée au beau milieu de la place, et hurle :

— Un jour, je la dirai, *la* vérité !

Et elle boit un coup.

C'est le soir où une pierre a brisé le phare droit de l'autocar dans la descente vers le village, le soir aussi où Robert le chauffeur a décidé de garder sa machine borgne jusqu'au garage pour ne pas ralentir le service. L'autocar arrive en général vers neuf heures, et il ne sera pas en retard. Il klaxonne deux coups sur la place, ralentit et Robert pense déjà à aller dîner.

C'est le soir aussi où Léonne a vu le phare de l'autocar borgne là-haut, dans la ligne droite, et comme elle n'en a vu qu'un, elle a crié :

— Salut vaillant motard ! C'est toi qui vas savoir *la* vérité. Et elle est partie en courant de toutes ses forces, bras écartés, bouteille en main pour raconter la vérité.

Robert a juré, après, qu'il ne l'avait pas vue.

— Elle était habillée de sombre, et d'habitude elle se tient toujours dans la lumière du réverbère.

Il a fallu décabosser l'autocar où la bouteille et le crâne avaient laissé deux méchants creux. On en a profité pour réparer le phare.

On a parlé le moins possible, à haute voix, de cet accident dans le village, car il soulageait trop quelques familles, mais tout le monde y pense souvent.

Le lendemain matin, le cantonnier avait impeccablement nettoyé la chaussée, il se lève tôt.

Depuis que les vaches ne traversent plus la place et qu'il n'y a plus de chevaux, le village est un village propre.